Ard u.a.: Der würgt den Mo Mörder kommt auf sanften Pfoten - Der Mörder kommt auf Krankenschein - Der Mörder bricht den Wanderstab - Der Mörder packt die Rute aus - Der Mörder schwänzt den Unterricht - Der Mörder zieht die Turnschuh an - Der Mörder bläst die Kerzen aus - Der Mörder ist immer der Gärtner • Die Meute von Hörde • *Leo P. Ard/Michael Illner:* Flotter Dreier - Gemischtes Doppel • *Leo P. Ard/ Reinhard Junge:* Der Witwenschüttler - Meine Niere, deine Niere - Die Waffen des Ekels - Das Ekel schlägt zurück - Bonner Roulette • *Dorothee Becker:* Mord verjährt nicht - Der rankende Tod • *Jacques Berndorf:* Eifel-Jagd - Eifel-Rallye - Eifel-Feuer - Eifel-Schnee - Eifel-Filz - Eifel-Gold - Eifel-Blues • *Horst Bieber:* Kaiserhof • *Horst Eckert:* Finstere Seelen - Aufgeputscht - Bittere Delikatessen - Annas Erbe • *Christoph Güsken:* Spiel's nicht noch mal, Henk - Mörder haben keine Flügel - Schaumschlägers Ende - Bis dann, Schnüffler • *Harald Irnberger:* Ein Krokodil namens Wanda - Das Schweigen der Kurschatten - Geil - Stimmbruch - Richtfest • *Andreas Izquierdo:* Jede Menge Seife - Das Doppeldings - Der Saumord • *Annette Jäckel:* Talk • *Reinhard Junge/Leo P. Ard:* Das Ekel von Datteln • *Reinhard Junge:* Straßenfest - Totes Kreuz - Klassenfahrt • *Jürgen Kehrer:* Der Minister und das Mädchen - Irgendwo da draußen - Das Schapdetten-Virus - Das Kappenstein-Projekt - Bären und Bullen - Spinozas Rache - Schuß und Gegenschuß - Wilsberg und die Wiedertäufer - Kein Fall für Wilsberg - Killer nach Leipzig - Gottesgemüse - In alter Freundschaft - Und die Toten läßt man ruhen • *Agnes Kottmann:* Tote streiken nicht • *Leenders/Bay/Leenders:* Eulenspiegel - Clara! - Feine Milde - Jenseits von Uedem - Belsazars Ende - Königsschießen • *Fabian Lenk:* Mitgefangen, mitgehangen - Schlaf, Kindlein, schlaf - Brandaktuell • *Hartwig Liedtke:* Scharfe Schnitte - Tod auf Rezept - Klinisch tot • *Heike Lischewski/Stefanie Berg:* Bananensplit • *Reiner Nikula:* Tödliches Schach - Ein Stückchen Hirn • *Theo Pointner:* Rechts-Außen - Einer nach dem andern - Scheinheilige Samariter - Tore, Punkte, Doppelmord • *Niklaus Schmid:* Der Hundeknochen - Die Wettreise • *Werner Schmitz:* Nahtlos braun - Dienst nach Vorschuß - Auf Teufel komm raus • *Gabriella Wollenhaupt:* Grappa-Baby - Grappa und die fantastischen Fünf - Killt Grappa! - Grappa und der Wolf - Grappa fängt Feuer - Grappa dreht durch - Grappa macht Theater - Grappas Treibjagd - Grappas Versuchung • *Jan Zweyer:* Glück auf, Glück ab

grafit

az_krim1/0698.cdr5

Chemnitzer Str. 31, D-44139 Dortmund
Internet: http://www.grafit.de
E-Mail: Grafit-Verlag@t-online.de

Umschlagzeichnung: Peter Bucker
Druck und Bindearbeiten: Fuldaer Verlagsanstalt
ISBN 3-89425-030-5
2. 3. 4. 5./2000 99 98

Niklaus Schmid

Die Wettreise

Kriminalroman

grafit

Der Autor

Niklaus Schmid, geboren 1942 in Duisburg, reiste einige Jahre durch Indien, Afrika und Südamerika, bevor er sich 1978 auf Formentera niederließ. Neben Kriminalgeschichten schreibt er Hörspiele und Reisebücher.

Die Wettreise ist der erste Kriminalroman von Niklaus Schmid. Im Grafit Verlag sind außerdem neun Kurzgeschichten in den Mörder-Anthologien und der Kriminalroman *Der Hundeknochen* (1998) erschienen.

Für Brigitte und Torsten

1.

»Das ist ja ein total verrückter Einfall, eine typische Biegel-Idee!« wieherte der dicke Mann mit dem Kindergesicht, und sein dickes rosiges Gesicht wurde noch eine Spur rosiger.

Aus langjähriger Erfahrung mit sparsamen, biederen Geschäftsmännern wußte Biegel, daß er den Fuß in der Tür hatte. Die nächsten fünf Minuten würden entscheiden, ob er seinen Vorschlag durchkriegte. Dies war der schwierigste, aber auch der schönste Moment. Listig und charmant mußte er sein, noch listiger, noch charmanter als bei sonstigen Kundengesprächen. Denn dieser Kunde war der sparsamste und biederste Kunde, den er sich vorstellen konnte. Der Kunde war sein alter Freund Heinz Kaupp.

»Und – bist du dabei?« fragte Biegel leichthin.

»Sagen wir erst mal prost. Schließlich ist heute mein Geburtstag. Ich hab' auch nicht allzuviel Zeit. Hannelore wartet.« Kaupp goß Orangensaft in sein Glas und füllte es mit Sekt auf. Die Piccolo-Flasche wirkte lächerlich klein in seiner fleischigen Hand.

»Auf deinen fünfundfünfzigsten, alter Junge!« Biegel hob sein Pilsglas. Es war alkoholfreies Bier. Die Werbeagentur Biegel & Partner warb für dieses Getränk mit dem Versprechen, daß es alles enthalte, was in ein gutes, schmackhaftes Bier hineingehört.

ALLES DRIN – AUSSER KOPFSCHMERZEN

Biegel war der Meinung, jeder Werbemensch müsse das Produkt, für das er sich einsetzte, zumindest einmal ausprobieren; er trank und wartete auf den vollen Biergeschmack. Doch der kam nicht.

Kaupp sah ihn an. »Sag mal, Biegel, dein Einfall hat doch nicht zufällig was mit einer Werbeaktion zu tun?«

»Wo denkst du hin! Schon in der Schule haben wir

doch davon gesprochen, irgendwann einmal eine lange Weltreise zu machen.«

»Na ja, so ein Jugendtraum.« Kaupp wiegte den Kopf, nicht bedauernd, sondern erleichtert.

»Stimmt. Andererseits, warum haben wir diesen Plan eigentlich nie verwirklicht?«

»Hmm...« Kaupp rückte seinen Stuhl zurück, um Platz für seinen Bauch zu schaffen, zog eine Zigarre hervor und begann, bedächtig die Zellophanhülle zu entfernen. Er beschnupperte das eine Ende der Zigarre und befeuchtete mit schmatzendem Kußmund das andere Ende.

»Ich will es dir sagen, Heinz. Weil wir zwar von Abenteuern geträumt haben, aber auf Sicherheit nicht verzichten wollten. Weißt du noch? Kaufmannslehre, danach die erste Anstellung; wenn vom Gehalt etwas übrigblieb, haben wir es auf die hohe Kante gelegt.« Biegel gab einen Schuß Sekt in sein Pilsglas.

Das Lokal hatte sich mittlerweile gefüllt. An der Theke knobelten drei Männer in Monteuranzügen eine Runde aus; Handelsvertreter, alle einzeln an ihren Tischen, brüteten über Tagesberichten und Spesenabrechnungen; und am Stammtisch, einem ovalen blankgescheuerten Eichentisch, wurde Skat gekloppt, daß die Gläser sprangen. Unverfälschte Gaststätten, die weder auf Balkanhütte noch altenglischen Pub, die weder auf Neon-Bar noch auf Wohnzimmergemütlichkeit getrimmt waren, gab es in Düsseldorf immer weniger. Häufig hatte es Biegel erlebt, daß in ganz normalen Kneipen plötzlich die jungen Kreativen aus der Werbebranche in ihren Trenchcoats und Kaschmirpullovern auftauchten, was dann einen Rattenschwanz von Veränderungen nach sich zog. Die Musik tönte lauter, die Räume füllten sich mit unechten Antiquitäten und gekünstelter Lebhaftigkeit; meist bekamen die Speisen einen exotischen Namen, wurden teurer und schlechter. Der *Finkenkrug* war bisher von solchen

Veränderungen verschont geblieben, weil der Wirt, ein Zwei-Zentner-Mann, stur, behäbig und ziemlich geschäftsuntüchtig war.

Aus der Küche quoll Essensgeruch. Die Bedienung trug Teller mit dampfenden Nordseemuscheln vorbei. Biegel rief ihr eine Bestellung nach und wandte sich wieder an Kaupp: »Dann kamen die Wirtschaftswunderjahre. Kein Mensch dachte ans Aussteigen, wie man das später nannte, alle dachten nur an den Aufstieg. Zwar wollten wir noch immer weg, in ferne Länder, das ja, aber längst nicht mehr nur mit dem Daumen im Wind, nein, ein bißchen Luxus sollte schon sein: ein Kombiauto, eine Krankenversicherung, weltweit, eben keine Experimente, wie es damals hieß.«

»Aber, hör mal...«

»Moment, Heinz! Dann haben wir uns selbstständig gemacht, du mit deinen Wohnwagen, ich in der Werbung. Und an den Wochenenden – nach zwei, drei Gläsern – haben wir gesagt: Bald geht's los; aufgeschoben ist nicht aufgehoben. Ja, ja, bevor man anfängt zu leben, hat man immer noch etwas anderes zu erledigen.« Kein schlechter Satz, ging es Biegel durch den Kopf, und er fragte sich, ob es seine eigene Schöpfung war oder ob er den Satz irgendwo gelesen hatte.

»Du, Biegel, das war doch alles ganz vernünftig, was wir gemacht haben.«

»Vernünftig, ja«, stimmte Biegel ironisch zu. »Wir haben brav funktioniert, wir haben aufgebaut und vergrößert, wir haben zurückgelegt und vorgesorgt; und als wir all das erledigt hatten, waren wir zum Reisen zu alt geworden.«

»Zum alten Eisen gehören wir noch nicht.« Kaupp straffte seine Schultern, was seinen Bauch noch mehr zum Vorschein brachte. Er erzählte von seinen Wohnwagenkunden, von denen nicht wenige Pensionäre seien, die durch ganz Europa kutschierten. »Bis hin zum Polarkreis. Erst neulich hat ein siebzigjähriger Professor eine Ansichtskarte aus Hammerfest an unsere Kundendienstabteilung geschrieben.«

»In Ordnung, glaub' ich ja. Aber wie reisen diese Leute? Mit Diätplan im Handschuhfach und abgesichert durch die Rückholkarte eines Automobilklubs. Das war es doch nicht, was wir uns immer vorgestellt hatten, oder?«

Kaupp bearbeitete die Zigarre wie einen Dauerlutscher. »Hm, ich weiß nicht.«

»Mensch, Heinz, wir wollten Abenteuer erleben, nach Indien trampen, auf einem Schiff anheuern, in Kalifornien Apfelsinen ernten, auf den Marquesasinseln eine Bar aufmachen: Und dazu ist es zu spät. Wenn wir heute auf Weltreise gingen, käme allenfalls ein verlängerter Urlaub heraus.«

Kaupp schaute ungehalten, und Biegel wechselte das Thema. Er sprach von der ersten Werbekampagne, die er für Kaupps Wohnwagen gemacht hatte. »Anfang der Sechziger war es. ›Ungebunden, unbegrenzt – mit dem Nomad 500 quer durch Afrika‹. Erinnerst du dich?«

Kaupps Gesicht hellte sich auf. »Und ob ich mich erinnere! Caravan-Salon in Essen, ein Riesenerfolg.«

»Die Messebesucher ließen die wachsglänzenden Schaustücke deiner Konkurrenten links liegen und bestaunten den mit Schmutz überzogenen Caravan. Fast ehrfürchtig betasteten sie den angeblichen Kongoschlamm, sie glaubten, Urwald und Savanne zu riechen, und bestellten bei dir einen Wohnwagen, den sie später dann auf einem Dauercampingplatz im Sauerland abstellten.«

»Der Schlamm stammte aus den Ruhrwiesen.« Kaupp prustete vor Lachen. »Weißt du noch, Biegel, die rothaarige Journalistin, die dachte, daß du selber mit der Kiste durch Afrika, und die unbedingt mit dir –«

Die Kellnerin, schwarzer Rock, blitzweiße Schürze,

kam und beugte sich mit dem Tablett weit über den Tisch. Hinter ihrem Rücken trafen sich die Blicke der beiden Freunde. Für einen Augenblick sah Biegel ein Gesicht, das sich seit der Schulzeit praktisch nicht verändert hatte. Einen Blickaustausch wie diesen hatte es in der letzten Zeit sehr selten zwischen ihnen gegeben. Ihre Freundschaft war so lebendig wie eine Kaffeereklame aus den fünfziger Jahren, reine Nostalgie. Eine Zeitlang spielte Biegel noch das Spielchen Weißt-du-noch, dann nahm er den eigentlichen Gesprächsfaden wieder auf.

»Es ist schon so, alter Junge. Wir hätten mit zwanzig oder spätestens dreißig losziehen müssen – mit oder ohne Geld.«

»Dann säßen wir heute abend nicht bei einem Glas Sekt im *Finkenkrug*, sondern womöglich mit einer Flasche Bier im Stadtpark. Wir hätten zwar eine bunte Vergangenheit, aber sicher keine gut gehenden Firmen.«

»Kann sein, vorbei ist vorbei.« Biegel legte eine Hand auf Kaupps Arm; der Punkt war erreicht. Jetzt mußte seine Idee zünden – oder sie würde es nie tun. Er spürte ein angenehmes Kribbeln im Magen. Noch vor wenigen Stunden hatte er in seinem Büro gesessen und vor Langeweile gegähnt. Alt und ausgebrannt hatte er sich gefühlt, und er war nahe daran gewesen, seiner Sekretärin zu erzählen, daß er sich krank fühle. Doch dann hatte er sich auf seine Rolle als dynamischer Chef einer Werbeagentur besonnen und lieber Streß vorgetäuscht: »Keine Störung, Frau Rehfinger. Halten Sie mir Fotofritzen und Texter vom Leib! Telefonisch bin ich auch nicht zu erreichen.«

»Herr Kaupp hat heute Geburtstag, falls Sie -«

Er hatte die gepolsterte Tür hinter sich zugezogen und sich noch älter gefühlt. Auch das noch! Heinz war fünfundfünfzig, und er nur knapp ein halbes Jahr jünger.

ABGESCHLAFFT?
BRING SPANNUNG IN DEIN LEBEN!

So wie auch alte Kater noch Mäusen nachjagen, hatte Biegel an seinem Schreibtisch gesessen und aus lauter Gewohnheit Werbesprüche formuliert. Spannung – aber wie? Eine riskante Sportart, beispielsweise Drachenfliegen erlernen? Sich verlieben, oder irgendeine andere Verrücktheit anstellen? Plötzlich war er hellwach gewesen. Er hatte seinen Freund angerufen und ein Treffen mit ihm vereinbart. Und dann im *Finkenkrug* hatte er Kaupp, als Geburtstagsgeschenk sozusagen, seinen Einfall mitgeteilt.

»Vorbei ist vorbei«, sagte Biegel jetzt noch einmal. »Und deshalb meine ich, sollten wir zwei jungen Burschen, zwei völlig Fremden, das ermöglichen, was wir selbst versäumt haben.«

»Einen langen, bezahlten Urlaub?«

»Nein, die Möglichkeit, Abenteuer zu erleben, stellvertretend für uns. Verstehst du? Die sollen am Morgen aufbrechen und nicht wissen, wo sie am Abend ankommen. Die sollen Hunger und Durst spüren, ehe sie sich die Bäuche vollschlagen. Die sollen sich anstrengen, sich durchbeißen.« Biegel holte Luft. »Abenteuer sind nichts anderes als überwundene Schwierigkeiten, sind geglückte Wagnisse. Wir würden den Burschen die Starthilfe für ein gewagtes Unternehmen geben. Überleg doch mal, wenn uns das jemand vor dreißig Jahren geboten hätte! Heinz, wir wären eine Art Mäzen.«

»Tja, aber was hätten *wir* davon?«

»Heinz, diese Wettreise würde auch in unser Leben wieder Spannung bringen; sie würde unsere Freundschaft auffrischen, weil wir gemeinsam um unsere Kandidaten zittern würden wie... wie...«

»Wie um zwei Rennpferde«, nickte Kaupp.

Biegel freute sich. Der nachdenkliche Unterton in Kaupps Stimme störte ihn nicht. »Ja, richtig, wie um zwei Rennpferde.« Er grinste seinen Freund jungenhaft an. »Das heißt, falls du dir überhaupt zutraust, einen guten Reisekandidaten zu finden.«

»Das laß mal meine Sorge sein!«

»Also die Wette gilt: hundert Flaschen Wein à hundert Mark für den Sieger.«

2.

Die Sonne schien, und der Himmel war so blau, wie er am Rand des Ruhrgebiets nur sein konnte; ein Frühlingswetter, das so richtig Appetit aufs Reisen machte.

Kaupp verlangsamte das Tempo, der Volvo schlich nur noch. Aus den Augenwinkeln betrachtete er die Gestalten am Straßenrand. Zum erstenmal nahm er wahr, daß es sich bei den Trampern um Einzelwesen handelte. Bisher waren für ihn alle Anhalter gleich gewesen: junge Männer in verblichenen und geflickten Jeans, mit längeren oder sehr viel kürzeren Haaren als normal. Er war überzeugt, daß sie sich vor jeder Arbeit drückten und sich nur selten oder gar nicht wuschen, obwohl er noch keinen Anhalter so nahe an sich hatte herankommen lassen, um das beurteilen zu können.

Jetzt ließ sich Nähe nicht vermeiden. Kaupp wollte aus der Schar der Tramper einen geeigneten Reisekandidaten herausfiltern. Aber welchen?

Der da vorne, der so freundlich lächelte und sicher ein Witzchen zur Unterhaltung auf langer Fahrt beizusteuern wußte? Aber hier ging es nicht um Scherze. Oder der im Bundeswehrparka? Wahrscheinlich wollte er damit sein Vertrauen auf Recht und Ordnung signalisieren. Aber womöglich wurde da Solidität nur vorgetäuscht! Und der da hinten, der auf die Fahrbahn sprang und mit den Armen wedelte, als hinge sein Leben davon ab, mitgenommen zu werden? Nicht gut! Die Routinierten blieben nämlich auf ihren Rucksäcken sitzen und reckten bloß den Daumen.

Einige hatten Pappschilder mit dem Fahrziel beschriftet, die sie hoch über dem Kopf oder beidhändig vor der Brust hielten. Ein Spaßvogel mit dem Schild ›Terrorist auf der Flucht nach Heidelberg‹ hatte, wie sich bald zeigte, den Humor der deutschen Kraftfahrer überschätzt. Nur mit einem Sprung in den Graben konnte er sich vor einem Kleinlaster retten, der voll auf ihn zugefahren war und um Haaresbreite den Seesack des Trampers verfehlte.

Leicht hatten es beim Autostopp anscheinend nur die Mädchen. Wie die Blonde da, die sich keinen Deut bemühte. Kaupps Fuß wollte schon instinktiv vom Gaspedal zur Bremse wechseln. Doch sein Verstand befahl ihm, wieder zu beschleunigen. Er suchte ja einen männlichen Kandidaten. Im Vorbeifahren sah er dann, daß die Blondine gar kein Mädchen, sondern ein junger Mann mit langen, gefärbten Haaren war. Beim Autostopp ging es, wie in der Natur, um Signalwirkung und Futternischen.

Keines der Gesichter, keine der Methoden hatten Kaupp angesprochen. Schon zweimal hatte er vor der Autobahnauffahrt gewendet und war die Zubringerstraße entlanggefahren. Langsam wurde er ungeduldig. Aus der Entfernung war die Entscheidung nicht zu treffen, er mußte sich näher mit den Typen befassen. Immerhin ging es ja um mehr als eine kurze Mitfahrt.

Kaupp fuhr noch langsamer. Bei dem ersten erhobenen Daumen hinter der Kurve hielt er an. Er betätigte den elektrischen Fensterheber und fragte: »Wohin wollen Sie denn?«

»Nach Köln erst mal.«

»Und dann?«

»Da bin ich zu Haus. Warum fragen Sie denn?«

»Weil ich jemand für eine längere Strecke suche«, murmelte Kaupp.

»Warten Sie einmal, oder!« Der Bursche hatte rasch auf Schweizer Mundart umgeschaltet und lief nun neben dem anrollenden Wagen her. »Basel wäre mir auch recht.«

Kaupp ließ die Scheibe wieder hochsurren. Zweihundert Meter weiter hielt er an einem Rucksack mit schwarzrotgoldenem Wimpel.

Wieder die gleichen Fragen. Die Antworten kamen in einem Deutsch mit stark südländischem Akzent. Es war ein Grieche, und die deutsche Fahne hatte er auf sein Gepäck genäht, damit man ihn nicht für einen Türken hielt. Der Mann schien mit den Eigenarten der Deutschen vertraut zu sein, mit den Regeln der Straße ebenfalls. Kaupp konnte noch beobachten, daß der Grieche alle Wagen, die mit mehr als zwei Personen besetzt waren, vorbei ließ und ausschließlich bei viertürigen Modellen die Hand hob, unaufdringlich und gelassen. Ein Experte, dachte Kaupp, schade, daß ich einen deutschsprachigen Kandidaten suche.

Kurz vor der Einmündung zur Autobahn, wenige Meter vor den letzten Trampern, hielt Kaupp wieder an. Sofort war jemand neben ihm. »Tag, können Sie mich ein Stückchen mitnehmen?«

»Kommt drauf an«, sagte Kaupp und blickte dem Burschen ins Gesicht. Er sah ganz manierlich aus.

»Und sie auch?« fragte er und zeigte auf ein junges Mädchen mit zwei großen Koffern.

»Tut mir leid. Ich fahre an der nächsten Ausfahrt ab.«

Kaupp gab Gas. Das war sein letzter Versuch gewesen. Einen halben Tag hatte er vertrödelt. Zum Teufel mit Biegels Idee! Sollte der doch allein jemanden losschicken. Hannelore hatte mißbilligend den Mund verzogen, als er ihr Biegels Plan schilderte. Wofür das gut sein solle, hatte sie gefragt. Eine Idee, mein Schatz, eine Werbeidee. Werbung, wofür? Für Campingsachen, mein Schatz, für Rucksäcke, Schlafsäcke und was wir sonst noch in der Zubehörabteilung haben, hatte er geantwortet. Aus dem Stegreif war ihm keine überzeugendere Erklärung eingefallen. Hannelore hatte einen äußerst praktischen Verstand. Daß es sich lediglich um eine Wette handelte, konnte er ihr unmöglich sagen. Tatsächlich war es ja auch eine Schnapsidee. Und nun, nüchtern betrachtet, fragte sich Kaupp, ob sein Freund Biegel nicht doch einen Hintergedanken gehabt hatte, ob er nicht doch irgendeinen Nutzen aus der Sache zog.

Kaupp wäre auf der Stelle nach Hause gefahren. Aber vor der Autobahn konnte er nicht mehr wenden. Notgedrungen reihte er sich in die Kolonne der Ausflügler ein, die ein unwiderstehlicher Drang nach Süden trieb, während auf der Gegenfahrbahn eine ebenso dichte Kolonne genauso unwiderstehlich nach Norden strebte. Nicht wenige Autos zogen einen Wohnanhänger. In Gedanken registrierte Kaupp die Modelle aus seinem Haus. Ihr Anteil würde bald noch größer sein. Das neueste Modell, der ›Vagabund‹, lief in den nächsten Tagen vom Band. Es gab wichtigere Dinge, als Anhalter zu beobachten.

An der Raststätte setzte Kaupp den Blinker. Er fuhr bis zu den Telefonzellen und stieg aus. »O je«, seufzte er, während er Biegels Nummer wählte, »auf was hab' ich mich da eingelassen!«

»Ja?«

»Hör mal, Biegel, ich hatte mir das doch etwas einfacher vorgestellt.

»Willst du die Wette schon verloren geben?« lachte Biegel.

»Das nicht, aber für heute bin ich's leid. Ich hab' schließlich noch eine Firma.«

»Heute ist Samstag.«

»Eine Frau hab' ich auch noch, im Gegensatz zu dir.

Ich darf Hannelore gar nicht sagen, was ich hier mache, die denkt sonst, ich spinne.« Mitten in Biegels spöttisches Lachen hängte Kaupp ein. Beim Verlassen der Telefonzelle kontrollierte er gewohnheitsmäßig die Geldrückgabe.

Neben seinem Volvo stand ein Mann, Mitte zwanzig, kurzgeschnittenes braunes Haar, gestutzter Vollbart. Er trug den schwarzen Kordanzug der wandernden Zimmermannsgesellen, weißes Hemd, Weste und Hosen mit weitem Schlag. In der Hand hielt er einen breitkrempigen Hut, über seiner Schulter hing ein pralles Bündel, ähnlich einer Sporttasche. Ganz ruhig fragte er: »Können Sie mich mitnehmen?«

»Wohin?«

»Am besten nach... ach, ist egal, Hauptsache weiter.«

»Haben Sie denn kein festes Ziel?«

»Nein, kein festes Ziel. Sie fahren ja in Richtung Süden, das genügt mir.«

»Hmm, tja.« Kaupp betrachtete die hochgewachsene Gestalt, die kräftigen Hände; nur der Ohrring gefiel ihm nicht. Das etwas zu selbstsichere Auftreten hätte ihn auch gestört, wenn es um ein normales Einstellungsgespräch gegangen wäre. »Sie haben also Zeit, viel Zeit, meine ich.«

»Ja, schon, aber wieso?«

Kaupp überprüfte, ob sein Wagen verriegelt war. »Kommen Sie mit in die Raststätte; ich lade Sie ein.«

3.

Das *Schalom* wurde von vier ehemaligen Pädagogikstudenten geführt, die nach dem Studium keine Anstellung gefunden hatten. Zwar waren die Getränkepreise nicht niedriger als woanders, aber im Gegensatz zu bürgerlichen Lokalen konnten die Gäste hier bei einem Glas

Bier und einer Schmalzstulle so lang sitzen, wie sie wollten, ohne schief angesehen zu werden.

Biegel hatte von dem Lokal durch Rolf Gärtner gehört, einem Fotgrafen, der im *Schalom* hin und wieder nach Statisten Ausschau hielt. Wer einen Gelegenheitsjob anzubieten hat, hatte Gärtner gesagt, ist dort gern gesehen, auch dann, wenn er doppelt so alt ist wie die meisten Gäste.

Zuversichtlich betrat Biegel die Kneipe. Seinen Porsche hatte er in einer Seitenstraße abgestellt. Mit einem Hunderttausend-Mark-Auto vorzufahren, wo verbeulte Enten und Uralt-Käfer den Ton angaben, fand er nicht angebracht.

Er steuerte auf eine Säule mitten im Raum zu; in Ellbogenhöhe war ein schmaler Tresen angebracht. Von hier aus hatte man einen guten Überblick. Während er auf die Bedienung wartete, ließ er die Atmosphäre auf sich wirken.

An den schwarzgestrichenen Wänden hingen Poster gegen Atomkraft und amerikanischen Imperialismus, vergilbt, voller Fliegendreck, reine Dekoration. Die Beleuchtung bestand aus umgedrehten Eimern, die tief bis knapp über die Köpfe hingen. Die scharf begrenzten Lichtkegel gaben den Grüppchen an den ebenfalls schwarzgestrichen Tischen das Aussehen von ernsthaften Spielern oder Verschwörern. Wuchernde Blattranken verstärkten noch den düsteren Eindruck.

An den meisten Tischen redete jeweils nur einer, ruhig und ohne Gestik, die anderen hörten zu oder starrten Löcher in die Luft. Die Zeit der wilden Diskussionen war vorbei. Stehengeblieben war der Musikgeschmack, Rock aus den frühen siebziger Jahren. In den kurzen Pausen zwischen zwei Stücken dämpften die Sprecher ihre Stimmen. Neuankömmlinge wurden mit gleichgültigen Mienen begrüßt. Wahrscheinlich sah man sich zu oft. Lachen schien verpönt zu sein.

In der Ecke gegenüber dem Eingang saß ein Fossil in Latzhose. Sonst waren Jeans und Pullover üblich, auch bei den weiblichen Gästen, die schon durch ihre Kleidung zu verstehen gaben, daß sie keinesfalls als Lustobjekte gelten wollten. Später, in ihren möblierten Zimmern und Mansardenwohnungen, würden sie vor Einsamkeit aufjaulen – jedenfalls stellte Biegel sich das so vor.

Er schaute auf seine Armbanduhr. Seit einer Viertelstunde war er in der Kneipe, und bisher hatte sich niemand um ihn gekümmert. Biegel fragte seinen Nebenmann, der dabei war, sich hinter dem Qualm seiner Pfeife unsichtbar zu machen, ob es so was wie einen Kellner gebe.

»Der da!«

Der da trug ein kariertes Hemd und las, den Rücken gegen die Theke gelehnt, in einer alternativen Stadtzeitung. Mit ›Herr Ober‹ konnte Biegel ihn unmöglich ansprechen. Fingerschnippen kam nicht in Frage. Gebräuchlich war wohl, ihn mit dem Vornamen anzureden, aber den kannte Biegel nicht.

Er ging auf ihn zu, berührte ihn am Arm und bestellte ein Pils. Der alternative Kellner drehte den Kopf ein paar Zentimeter und wiederholte über den Zeitungsrand hinweg die Bestellung. Danach wandte er sich wieder seiner Lektüre zu, wahrscheinlich einer Abhandlung über mangelnde Kommunikation in der heutigen Gesellschaft.

Biegel ging zu der Säule zurück. Seinen Platz hatten zwei Burschen eingenommen, einer lang und dünn wie eine Zaunlatte, der andere untersetzt. Biegel stellte sich neben die beiden und sagte: »Ruhig heute.« Leutselig machte er noch ein paar Bemerkungen über die Ruhe im allgemeinen und über die abgekühlte Wirtschaftslage im besonderen. Bevor er auf sein eigentliches Anliegen kommen konnte, fragte ihn der Stämmige: »Wollen Sie uns Rheumadecken verkaufen, Alter, oder was?«

»Na dann.« Biegel wandte sich ab, er kam sich linkisch vor. Der Fotograf Rolf Gärtner hätte die Aufgabe sicher mit leichter Hand bewältigt. Aber das hatten sie ja ausgemacht, sein Freund Heinz Kaupp und er, daß sie die Kandidaten persönlich aussuchen würden; das war schon Teil der Wette.

Der Kellner brachte das Bier, Biegel fragte nach dem Telefon. Der Kellner reckte sein Kinn in Richtung Nebenraum, haute einen Strich auf den Bierdeckel und schlurfte weg.

»Er ist ein Boß«, hörte Biegel den Langen sticheln. Er hatte eine kieksende Stimme. »Bosse müssen immer und überall telefonieren«, stellte er fest.

»I wo!« widersprach sein Kumpel. »Der ist kein Boß, der gibt nur an. Die protzige Fliegeruhr ist bestimmt eine Fälschung.«

An den Tischen hoben sich die Köpfe. Endlich passierte etwas. Ein Streit in der Nähe war allemal so interessant wie ein Krieg im Fernen Osten.

Angestarrt zu werden, machte Biegel normalerweise nichts aus, nicht in den Lokalen, wo er sonst verkehrte. Da sagte der Ober: »Guten Abend, Herr Biegel, darf ich Ihnen die Austern empfehlen? Zwölf Stück, sehr wohl, Herr Biegel, und den Chablis wie beim letztenmal?« Da munkelten die Gäste: »Ist das nicht? Doch ja, genau der von der Werbeagentur.«

Biegel trank von dem Bier. Es war ausgezeichnet, wenigstens etwas. Die beiden an seiner Seite redeten halblaut von ihren Sorgen, kein Job, keine Kohle, keine Tussie. Kein Wunder, dachte Biegel, bei dem Aussehen! Der Stämmige hatte streichholzlanges Igelhaar, dem Langen hing die Mähne fettig ins Gesicht. Er kiekste: »Frag ihn, Norbert! Vielleicht will der Boß ja eine gute Tat tun.«

Biegel stützte einen Ellbogen auf den Tresen, hakte

seinen linken Daumen in den Hosenbund, kam sich in der Haltung blöd vor, steckte die Hand in die Sakkotasche, fingerte am Schlüsselbund, betrachtete den Porscheanhänger, steckte ihn weg wie etwas Peinliches, nahm noch einen Schluck und hätte am liebsten den miesen Laden verlassen.

Doch das wäre ihm wie eine Niederlage vorgekommen. Vielleicht müßte er nur die Taktik ändern. Mit steifen Schritten ging er zum Nebenraum. Das Telefon stand auf einem wackligen Wandbrett vor dem Durchgang zur Toilette, wie Biegel deutlich roch. Einer der umgedrehten Eimer beleuchtete einen Billardtisch.

Eine Weile sah Biegel den Spielern zu, die mit nachdenklichen Mienen ihre Billardstöcke einkreideten und die Lage der Kugeln studierten. An der hinteren Wand lehnte ein Mädchen mit einem Buch in der Hand. Sie trug einen langen schwarzen Rock und eine Jacke aus Webpelz in Wildkatzenmuster. Einmal, als einer der Spieler sie mit dem Queue anstieß, blickte sie kurz hoch. Biegel deutete ein Lächeln an, doch sie hatte sich schon wieder in das Buch versenkt. Besser so, dachte Biegel; die Abfuhr der beiden Typen hatte ihm genügt.

Links vom Telefon hing ein Spielautomat, rechts ein Anschlagbrett. Außer den Kopien mit abgenudelten Zeichnungen und Sprüchen gab es Aufrufe, für das Wahlrecht von Ausländern und gegen den Abriß einer Zechensiedlung in Duisburg zu demonstrieren, ohne Datum, ohne Ortsangabe. Wahrscheinlich sollte das überall und jederzeit ablaufen.

Biegel las die handgeschriebenen Zettel:

SUCHE HALBTAGSARBEIT,
AUCH BABYSITTING
KLEIST, VOLLSTÄNDIGE AUSGABE, UND
HOLLÄNDISCHES FAHRRAD
SPOTTBILLIG ABZUGEBEN

GESUNDE NAHRUNG
NUR VOM BIO-BAUER ULF
ENGLISCHUNTERRICHT BEI TEE UND
PLÄTZCHEN. ADRESSE...

»Es ist niemals zu spät«, sagte eine Frauenstimme hinter ihm.

Ruckartig drehte er seinen Kopf. Es war das Mädchen mit der gefleckten Webpelzjacke. Sie war Anfang zwanzig, mittelgroß und breithüftig, außerhalb des Lampenlichts fehlte ihren Haaren der rötliche Schimmer.

»Nie zu spät, wozu? Um Fahrradfahren zu lernen oder um Kleist zu lesen?«

»Um eine Fremdsprache zu lernen. Sie haben doch gerade meinen Zettel gelesen und sich bestimmt gefragt, wie sieht die aus.«

Biegel schaute sie abschätzend an. Die will was von dir, flüsterte ein Stimmchen in ihm, die will etwas, was die Latzhosenträger und die Kerle mit ihren dumpfen Ideologien und den verrosteten Kisten nicht haben. Aber sie ist nicht dein Typ, flüsterte ein anderes Stimmchen, du liebst Frauen um die dreißig, blond, elegant und großgewachsen. »Eigentlich wollte ich...«

Sie sah ihm in die Augen, unterdrückte ein Lachen. Biegel räusperte sich: »Tja, wie sieht sie aus? Gut sieht sie aus: kastanienbraune Haare, großer Mund, ich meine: schöner großer Mund...«

»He, Ria!« rief jemand aus dem Schankraum. »Ich komme«, rief sie zurück, deutete ein Lächeln an und drehte sich um. Biegel sah ihr nach. Ihre Hüften sind wirklich ziemlich breit. Und aus der Nähe betrachtet sieht sie eine Spur verlottert aus, hmm, gerade soviel, daß es erotisch wirkt. Und ihr Mund ist schön, er hat die Form einer Banane, aber ist schön, sehr schön.

Er sah sie am äußersten Ende der Theke stehen, und das Stimmchen in ihm sagte, daß ein frischgezapftes Bier jetzt nicht schlecht wäre. Ein Platz in ihrer Nähe war noch frei. Sie hörte einem Jungen mit randloser Brille zu, der ihr aus einem Notizblock etwas vortrug. Biegel bestellte bei dem Mann am Zapfhahn und hörte ebenfalls zu. Die Musik aus den Boxen war laut, und der Junge mußte sich anstrengen, sie zu übertönen.

»Zwei Tage und Nächte unterwegs. Mir brummt der Schädel vom Budweiser-Bier. Am dritten Tag erreichen wir den Gipfel. Gerade bricht der Morgen an; wie Gold, wie pures Gold vom Sacramento liegt der Sonnenschein auf dem Hochplateau. Tautropfen glitzern auf den Blättern. Ehrfürchtig streichen wir über die mannshohen Pflanzen: Alles um uns herum ist *shit*. Die Arbeit kann beginnen – aber erst einmal kotze ich mir die Seele aus dem Leib.«

Er ließ die Hand mit dem Ringblock sinken und blickte seine Zuhörerin erwartungsvoll an. »Stark, Arno, wirklick stark«, sagte Ria mit Überzeugung.

War tatsächlich nicht übel der Bericht, überlegte Biegel. Das Bürschchen machte zwar nicht viel her von der Figur, aber das mußte ja nichts heißen. Die Kleinen, Blassen waren oft zäh und voller Durchsetzungsvermögen. Netter Zufall, da hätte er auch gleich ein Thema, um mit ihr ins Gespräch zu kommen.

Der Zapfer stellte das Pils ab. Biegel nahm das Glas, nickte in Richtung der beiden und nahm einen kräftigen Schluck. »Ah, das schmeckt!« Er strich sich mit dem Daumen über die Oberlippe und sagte: »Ich hab' das da eben zufällig mitgekriegt, Sacramento und so, wann waren Sie da? Es ist nämlich – für jemanden mit Erfahrung im Trampen hätte ich was.«

Der Junge hatte zunächst verständnislos zugehört, jetzt schnaufte er: »Trampen? Hier geht es um Literatur!«

Biegel zuckte zusammen. Mehr noch als der barsche Ton des Jungen ärgerte ihn das amüsierte Lächeln des Mädchens.

Sie hob die Schultern. »Mein Bekannter ist heute nicht für Gespräche aufgelegt.« Zu dem Literaten, der trotzig vor sich hin starrte, sagte sie: »Mach dir keine Sorgen, Arno, den Aufsatz kriegst du schon hin. Sei doch nicht so, der Mann wollte nur ein bißchen plaudern.« Sie sprach ohne eine bestimmte lokale Färbung, leise, aber deutlich. Biegel stellte sich vor, daß man sie bis in den Billardraum verstehen konnte.

Er warf Geld auf die Theke, wollte nur noch raus. »Bitte zahlen! Und, ehm, kann ich was an die Tafel da hinten hängen?«

»Klar, dazu ist das Ding doch da«, knurrte der Zapfer.

Biegel löste sich von der Theke. Im Vorbeigehen hörte er einen Jüngling von der Versorgungslücke im Alter faseln. Er verspürte den Drang, sich nach dem Mädchen Ria umzublicken, unterließ es aber. Besser so, sie war ja gar nicht sein Typ, und viel zu jung war sie für ihn auch.

Bevor er auf die Straße trat, hängte er noch einen Zettel an die Pinnwand:

JUNGER MANN FÜR ABENTEUERLICHE
WELTREISE GESUCHT.
EINZELGÄNGER
MIT RASCHER AUFFASSUNGSGABE
UND DURCHSETZUNGSVERMÖGEN.
BITTE MELDEN! TELEFON 34 35 93

4.

»Ist es schwierig, per Autostop zu reisen?« fragte Kaupp.

»Für mich nicht.«

»Und warum für Sie nicht?«

»Wegen meiner Zimmermannskluft«, der Bärtige faßte an den Jackenaufschlag seines Kordanzugs, »und weil ich mit kleinem Gepäck reise, hier die Tasche, sonst nichts. Haben doch alle Angst, daß die Schnallen vom Rucksack die feinen Polster beschädigen; und den Kofferraum öffnet auch keiner gern.«

»Zigarre? Oder Zigarette? Ich kann welche bestellen.«

»Nein, danke.«

»Ich... ich möchte Ihnen einen Vorschlag machen.«

Der Bärtige musterte Kaupp unverhohlen. Seine Augen waren braun und viel zu alt für das Gesicht. Beiläufig, als erkundige er sich nach einem Reiseziel, bemerkte er: »O nee! Sind Sie ein bißchen schwul? Wenn Sie sich da Hoffnung machen, muß ich Sie enttäuschen.«

Kaupp öffnete den Mund weit, klappte ihn wieder zu. Er fühlte, daß er rot wurde. Das ist doch irrsinnig, dachte er, fast dreißig Jahre verheiratet, eine Tochter, keine homosexuellen Neigungen, nicht mal in der Jugend, obwohl das angeblich schon normal ist, und hier wurde er rot wie ein ertappter Sünder. Er kämpfte mit dem Impuls, sofort aufzustehen. Aber sähe das nicht aus, als hätte der Bärtige mit seiner Bemerkung ins Schwarze getroffen? Freund Biegel hätte in solch einer Situation sicher einen flotten Spruch parat.

»Entschuldigen Sie. Jetzt habe ich Sie beleidigt. Aber wenn einer wie Sie – dicker Wagen, teure Klamotten – einem Tramper einen Vorschlag macht, hat die Sache meistens einen Haken.«

»So, so.« Kaupp schob seinen Stuhl eine Handbreit zurück, sein Blick suchte die Bedienung.

»Also gut, nochmals sorry.« Der Bärtige faßte an seinen Ohrring. »Worum geht es?«

Nach einer Weile, die er damit verbrachte, die Bauchbinde seiner Zigarre zusammenzukniffen, sagte Kaupp: »Es ist – ähm – es handelt sich um, na ja, um eine Art Stipendium; sagen wir mal: ein Reisestipendium.«

»Was für eine irre Idee!« lachte der Bärtige laut auf, das Lauernde in seinem Gesichtsausdruck war mit einem Schlag verschwunden. »Aber lassen Sie hören.«

»Kurzum: Sie sollen auf Reise gehen – Moment, unterbrechen Sie mich nicht.« Kaupp hob die Hand. »Sie sollen reisen per Autostopp, Bus, Bahn oder Schiff, nur nicht mit dem Flugzeug. Je mehr Sie erleben, desto besser.«

»Und was muß ich dafür tun?« Die Augen des Bärtigen verengten sich wieder.

Die Kellnerin war an den Tisch getreten. Mit verdrossenem Gesicht räumte sie Kaupps Teetasse und das Milchglas des Bärtigen ab. Im Wegdrehen wischte sie, mehr symbolisch, über die Tischplatte. Der Platz wurde gebraucht. Durch die Eingangstür schob sich eine Busladung ausgelassener Senioren.

»Ihre einzige Gegenleistung ist, daß Sie jede Woche einen Tonbandbericht schicken«, sagte Kaupp mit großzügiger Geste. »Aber ehe ich weitere Einzelheiten verrate, möchte ich etwas über Sie wissen, so einen Lebenslauf, in Stichworten vielleicht.« Er lehnte sich zurück. Nun bewegte er sich wieder in bekannten Gewässern. Er war Arbeitgeber, er hatte etwas zu bieten, er konnte Forderungen stellen.

Der Bärtige schnaufte leise. »Hört sich ja seltsam an, aber was soll's, ich spiele mal mit. Also, mein Name ist Achim Droste, bin 24, Hauptschulabschluß, dann hab' ich ein Jahr herumgehangen, weil ich keine Lehrstelle fand. Danach bin ich zum Bund, Fallschirmjägereinheit; nach drei Jahren stand ich genauso da wie vorher. Hab' dann verschiedene Jobs angenommen, Autos, aufgemotzte Schlitten, nach Kuwait überführen und so was, war aber alles nicht das Wahre. Deshalb habe ich schließlich eine Zimmermannslehre angefangen. Als die rum war, hab' ich mir diese Kluft hier gekauft und bin auf die Walz gegangen.«

Achim Droste klemmte die Daumen unter die Revers seiner Kordjoppe. »Das zieht ja wieder. Ich hab' in

Deutschland und in Skandinavien gearbeitet – und jetzt will ich weg, in den Süden. Das war's.«

»Fremdsprachen?«

»Ein bißchen Spanisch und Schwedisch; mit Englisch komme ich durch.« Mit dem Gesicht eines Mannes, der ständig verkannt wird, fügte er hinzu: »Vorbestraft bin ich übrigens nicht; das wollten Sie doch sicher auch noch wissen.«

Kaupp blinzelte in die schrägen Sonnenstrahlen. »Wollen Sie noch was trinken, Herr Droste?«

5.

Die freundlich gezwitscherte Begrüßung seiner Sekretärin konnte die Schlappe, die Biegel im *Schalom* erlitten hatte, nur für kurze Zeit mildern. Statt Spaß hatte die Wette bisher nur Verdruß gebracht. Das Bild des Mädchens tauchte vor ihm auf, ihr amüsiertes Lächeln.

Um sich abzulenken, sah Biegel sich seine Umgebung an. Der Schreibtisch war solide, die Bürotechnik auf dem neuesten Stand, die Zigarettendose auf dem Glastisch war altsilbern und die Sitzgarnitur aus schwarzem Leder gerade so viel abgenutzt, daß sie nicht aufdringlich neu wirkte. Auf dem Boden lagen weiche Teppiche, und an den Wänden hingen wie Jagdtrophäen gerahmte Plakate bekannter Markenartikel, für die seine Firma geworben hatte.

Das, was Biegel angestrebt hatte, war erreicht: Die Agentur gehörte zu den fünfzig größten in Deutschland, hatte zweiundsiebzig Mitarbeiter und funktionierte – auch darauf hatte er hingearbeitet – sogar ohne sein Zutun. Eigentlich hätte er mit sich zufrieden sein können.

Biegel gähnte.

Er riß die Fenster auf und ließ die Frühlingsluft herein. In der Scheibe erschien sein Spiegelbild, ein großer, schlanker Mann mit kräftiger Kinnpartie, mit dunklen, an den Seiten grauen Haaren, die einen wirkungsvollen Kontrast zum gebräunten Gesicht gaben. Gut, er war vierundfünfzig, aber seine Bekannten fanden, daß er wesentlich jünger aussah; jedenfalls behaupteten sie das.

Die Adresse dieser Ria, versuchte er sich zu erinnern, hatte die nicht auf dem Zettel gestanden? Oder ihre Telefonnummer?

Das Dröhnen einer Düsenmaschine drang in sein Ohr. Verreisen, alles stehen und liegen lassen, sich einen Dreck um den Betrieb scheren, selber eine Weltreise machen, selber unter heißer Sonne schwitzen, auf dem Rükken in einem Boot liegen und die Sterne zählen: Freiheit und Abenteuer? Biegel schüttelte den Kopf. Diese verdammten, zählebigen Klischees!

Er schloß das Fenster, betätigte die Gegensprechanlage, legte mehr Tatendrang und Männlichkeit als nötig in seine Stimme und sagte: »Frau Rehfinger, ist Rolf Gärtner im Haus? Nein, der soll nicht zum Stoscheck gehn, das bespreche ich mit ihm selber. Ja, Rolli soll gleich bei mir reinmarschieren.«

Rolli Gärtner trug Khakihosen und eine Anglerweste, deren unzählige Taschen und Schlaufen mit Filmen, Ersatzteilen und Werkzeugen gespickt waren. Ständig lief er so herum, nicht nur an der Fotofront, sondern auch in der Etappe, wie er die Agentur bezeichnete. Gärtner war einer jener Fotoprofis, die erst außerhalb der Landesgrenzen richtig aufblühen. Wenn es galt, ein Kornfeld zu fotografieren, mußte es seiner Meinung nach unbedingt eines in Argentinien sein; sollte für Mineralwasser geworben werden, würde er vorschlagen, die Flasche vor einem isländischen Geysir abzulichten. Von seinen Reisen brachte Gärtner regelmäßig Brocken der Landessprache mit, die er danach noch wochenlang mit sich herumschleppte und bei jeder Gelegenheit poltern ließ.

»Bueno«, sagte er und legte Biegel das Bildmaterial für

ein Pflanzenschutzmittel vor. Gärtner hatte die Fotos auf den Kanarischen Inseln gemacht. Sie waren Teil einer Anzeigenkampagne, die das schlechte Ansehen der chemischen Industrie aufbessern sollte. Die gerahmten Großdias zeigten verschiedene Früchte, Mandarinen, Zitronen, Bananen, Apfelsinen und jeweils eine Hand, die diese Früchte pflückte. Zu dem Motiv, beispielsweise den Orangen, kam dann in der Anzeige der Leitspruch:

CHEMIE SCHMECKT NACH…
ORANGENSAFT

Biegel drehte den Slogan herum und fand ihn auch dann noch passend, wenngleich nicht im Sinne des Auftraggebers.

Während er die Dias auf dem Leuchttisch betrachtete, erzählte Gärtner die Entstehungsgeschichte der Fotoserie. Es wurde wieder mal ein Kriegsbericht.

Im gemieteten Geländewagen war Rolli vom Flughafen Santa Cruz de Tenerife zu den Apfelsinenplantagen herausgefahren. Als er gerade die Blätter eines Orangenbaums entstaubte, tauchte der Besitzer mit einem Traktor und einem Anhänger voller Holzkisten auf. Nach dem Begrüßungsritual war der Bauer einverstanden, als Statist mitzuspielen. Der Fotograf zeigte dem Mann, der Jahrzehnte kaum etwas anderes gemacht hatte, wie er mit drehender Handbewegung die Frucht pflücken sollte.

»Hombre! Der Kerl stellte sich so ungeschickt an, ich mußte ihm fast das Handgelenk brechen. Als endlich seine Hand wie eine pflückende Bauernhand aussah und nicht wie eine Kralle, als die Probepolaroids schon im Kasten waren, da schoben sich Wolken vor die günstige Nachmittagssonne. Aus! Schauen Sie hier, zu wenig Licht! Na ja, waren sowieso keine typischen Bauernhände. Können wir getrost vergessen.«

Gärtner schob eine neue Aufnahmeserie auf die Leuchtplatte. »Am anderen Tag bin ich wieder hin – die hier – und diesmal hatte ich jemanden mit prima Pflükkerhänden angeheuert, bueno, einen Losverkäufer, den ich in einer Bodega aufgetan hatte.«

Biegel ging mit einer großen Lupe über die Aufnahmen, nickte. »Nicht schlecht. Die Hand ist gut, die Haltung in Ordnung, die Früchte sehen natürlich aus.«

Der Fotograf konnte seinen Stolz nicht verbergen. »Bueno, da habe ich die Orangen mit Drähten zwischen besonders schöne, sattgrüne Blätter gehängt und die Blätter mit Glyzerin eingerieben.« Gärtner formte Daumen und Zeigefinger zu einem Kreis. »Glyzerin sieht aus wie perlender Morgentau, nur echter.«

Die Gegensprechanlage summte. Elga Rehfinger sagte, da sei ein Spinner in der Leitung.

»Wieso?«

»Der Anrufer beruft sich auf einen Zettel in einer Kneipe, angeblich dringend. Einen Zettel! Soll ich ihn abwimmeln?«

»Nein, nein, durchstellen!« Und zu Gärtner sagte er, indem er auf die Fotos deutete: »Davon Abzüge für Layouter und Texter; die Zeile Chemie schmeckt nach – Pünktchen, Pünktchen – einpassen und mir wieder vorlegen!«

Als der Fotograf gegangen war, nahm er das Gespräch entgegen.

Der Anrufer war so in Eile, daß er sich nicht einmal die Zeit nahm, seinen Namen zu nennen. »Komme eben von einer Finnlandtour zurück. Land und Leute. Drei Monate. Thema: Finnland, ein Modell. Fragezeichen. Mein Bericht erscheint Ende des Monats in der ›Süddeutschen‹. Ich bin startklar. Wie sieht's aus mit dem Autorenvertrag, Nebenrechte fünfzig zu fünfzig.«

Der Finnlandreisende, allem Anschein nach noch außer Atem von seiner letzten Tour, wollte gleich durchstarten zur Weltreise. Doch ja, Zeit habe er satt. Erst in drei Monaten müsse er wieder zu Hause sein, weil dann ein Segeltörn mit ehemaligen Drogenabhängigen beginnen würde, über den er berichten wolle.

Der Hektiker schlug ein Treffen vor. Biegel antwortete, er wolle ihm nicht die kostbare Zeit stehlen, und legte auf.

»Das kann ja heiter werden«, sagte er für sich.

6.

Kaupp saß an seinem Schreibtisch und grübelte.

Am Vorabend hatte Kaupp aus einer Laune heraus über seinen Reisekandidaten gesprochen und erwähnt, daß er Achim Droste in einem Hotel untergebracht habe. Das hätte er besser nicht tun sollen. Hannelore hatte ihn unter dem Tisch angestoßen. Doch die stumme Warnung seiner Frau war zu spät gekommen. Andrea, die zum sonntäglichen Abendessen anwesend war, hatte schon eingehakt. Vater würde wildfremde Menschen in einem Hotel logieren lassen, während seine einzige Tochter in einer Studentenbude mit Ofenheizung hausen müßte. Beschwerden über mangelnde Unterstützung war Kaupp gewöhnt, doch diesmal hatte das Streitgespräch ein unübliches Ende genommen. Seine Tochter hatte den Teller mit der Rindsroulade zurückgeschoben und Wort für Wort, nahezu feierlich gesagt: »Vati, wenn dir dein Geiz den Arsch abgefressen hat, sag mir Bescheid, dann geh' ich für dich sammeln.«

Kaupp kam nicht darüber hinweg. Das war nun wirklich keine Art und Weise, mit einem Vater zu sprechen, der alles oder zumindest vieles für seine Tochter tat: monatliche Schecks, ein VW Polo, gebraucht, aber sehr gut erhalten, und und und.

Wenn Kaupp bedrückt war, konnte er nicht stillsitzen. Ein paarmal sprang er auf und durchschritt den Raum, der groß und rundum mit Zebrano getäfelt war.

Holzmodelle auf Wandbrettern, ein Bild des ersten Wohnwagens als Einlegearbeit, Holz überall, sogar die Zimmerdecke war mit Eschefurnier verkleidet. Obwohl der gewaltige Schreibtisch, ein Erbstück seines Vaters, voller Arbeit lag, verließ Kaupp sein Büro.

Ein Rundgang durch die Produktionshallen pflegte seine Stimmung, schnell zu heben. Er grüßte hier, schüttelte dort einem Meister die Hand und fühlte sich gut in seiner Rolle als väterlicher Firmeninhaber. An einigen Stellen blieb er ein paar Minuten mit den Händen auf dem Rücken stehen und fragte: »Klappt es?« Die Arbeiter sahen dann von ihrer Tätigkeit hoch, nickten stumm oder erwiderten: »Alles klar, Chef.« Einige hielten bei der Arbeit inne, erwarteten wohl noch eine zusätzliche Bemerkung ihres Arbeitgebers und sagten schließlich, wenn von Kaupp nichts mehr kam: »Na, dann wollen wir mal wieder ran.«

Das gefiel Kaupp. Wichtig war, das jeder seinen Platz kannte. So geordnet wie in seinem Unternehmen, das wünschte er sich, müßte es auch in der Familie zugehen.

Kaupp liebte seine Firma, zwar liebte er nicht so sehr die Verwaltung, jedoch die Produktion. In seinem Herzen war er ein einfacher Handwerksmeister geblieben, auch wenn die Firma Kaupp Caravans unter seiner Führung zum viertgrößten Wohnwagenhersteller im Lande gewachsen war.

Mit geschlossenen Augen hätte er durch den Betrieb spazieren können. Allein die Gerüche verrieten ihm, an welcher Stelle der Fertigung er sich gerade befand. Beim Aufbau, wo die Fahrgestelle montiert wurden, roch es nach dem teerartigen Unterbodenschutz. Im Möbeleinbau kam der Geruch nach weißem Leim hinzu, ein Duft, der ihm seit der Kindheit aus der Schreinerei seines Vaters vertraut war. Behaglich sog Kaupp die Luft ein.

In der nächsten Halle wurden die Außenwände mit Fasermatten und flüssigem Kunstharz beschichtet.

Schon am Eingang schlug Kaupp eine Wolke von Polyesterdämpfen entgegen, süßsauer und stechend. Kaupp hielt den Atem an. Er wollte sich umdrehen, denn die Dämpfe würden noch Stunden später in seinem Anzug stecken und ihm das Wasser in die Augen treiben.

Einer der Arbeiter trat auf ihn zu. Sein Arbeitsanzug war mit weißen Kunstharzflecken übersät. Der Mann hatte die Atemschutzmaske wie eine Rennfahrerbrille auf die Stirn gesetzt. Grotesk sah das aus mit der rötlich aufgedunsenen Haut um Mund und Nase. Am Haaransatz, an den Ohren und an den Augenbrauen hatten sich Kunststoffpartikel wie Rauhreif abgesetzt.

Kaupp unterdrückte das übliche »Klappt es?«, nickte nur. Doch der Arbeiter schien die Standardfrage seines Chef vorauszusetzen, mit mühsam unterdrückter Wut sagte er: »Klapptet? Scheiße klapp-tet!«

Kaupp glaubte, nicht richtig gehört zu haben. »Ja, ja«, grummelte er und wollte weitergehen.

Der Arbeiter stemmte die Hände in die Hüften. »Nix jaja, eine Giftküche is-set, Scheiße is-set. Acht Scheiß-Stunden in dem Mief, dat hält kein Mensch nich' aus.«

Kaupp trat von einem Fuß auf den anderen. Seine Schuhsohlen klebten auf dem Boden, lösten sich mit schmatzendem Geräusch. »Wie heißen Sie?« fragte er tonlos.

»Lewandowski.«

»Mal sehen, was sich machen läßt, Herr Lewandowski.«

Den Namen würde er sich merken. Beim Abbau von Arbeitsplätzen war es immer so schwer, die Auswahl zu treffen, wer in den betroffenen Abteilungen entlassen werden sollte; freigestellt, verbesserte sich Kaupp in Gedanken.

Und Freistellungen konnten schon bald notwendig sein, nämlich dann, wenn das neue Modell nicht den Erfolg brachte, den er sich davon versprach.

Als Kaupp von einem Werksmeister erfuhr, daß die ersten fertigen Wagen der neuen Baureihe gerade in die Endausstattung geschoben wurden, ließ er die restlichen Abteilungen unbeachtet und ging geradewegs dort hin.

In der Halle roch es nach Polsterstoffen und Putzmitteln und nach den Frauen, die hier arbeiteten. Auch diese Duftmischung gefiel Kaupp. Er schaute in den Wagen, der vorne am Fertigungsband stand. Zwei Frauen in blauen Arbeitshosen waren damit beschäftig, an den Seitenfenstern Vorhänge anzubringen. Kaupp fragte sie nach ihrer Meinung über die Farbe der Polsterbezüge, und sie antworteten, daß sie die sehr schön fänden.

Im vorletzten Caravan sah er eine Frau, die ihre Haare mit einer lustigen Schleife aus Stoffresten hochgebunden hatte und ellbogenlange Gummihandschuhe trug. Sie kniete und reinigte den Wagenboden von den Arbeitsspuren, die die Monteure hinterlassen hatten. Kaupp grüßte, die Frau blickte über die Schulter und freute sich, daß der Chef sie gegrüßt hatte.

Klagen hörte Kaupp in dieser Abteilung nie. Das hatte seinen guten Grund. Die Arbeit war weder schwer noch erforderte sie Fachwissen, und die Arbeitskräfte waren leicht auszutauschen. Alle Frauen, die Kaupp nach ihrer Meinung fragte, waren überzeugt, daß das neue Modell ein Renner würde.

Er schaute noch zu, wie die Vorarbeiterin an den Seiten und am Heck des ersten Wagens die Typenschilder

VAGABUND

anklebte, dann verließ er die Werkshalle, gestärkt in seinem Selbstbewußtsein und guter Dinge.

7.

»Hallo, ich rufe an wegen der Weltreise. Ein paar Basis-Infos, was Sache ist.«

Nachdem der Anrufer erfahren hatte, worum es ging, sagte er: »Was ich brauche, sind zweieinhalb Mille pro Monat.«

»Mehr nicht?« fragte Biegel ironisch.

»Hör mal, das ist das, was ich zur Zeit als Reiseleiter verdiene.«

Anscheinend war das ›Du‹ unter Reiselustigen üblich. Biegel blieb dennoch beim ›Sie‹: »Dann rate ich Ihnen, den Job zu behalten!« sagte er und legte mitten in den Satz des aufbrausenden Reiseleiters auf.

Frau Rehfinger meldete sich über die Raumanlage: »Nun habe ich Herrn Kaupp in der Leitung, ich stelle durch.«

Auf Biegels Gesicht erschien ein jungenhaftes Lächeln. »Heinz, wie sieht es aus? Bist ja schwerer zu erreichen als der Papst. Stark beschäftigt?«

»Das ist gar kein Ausdruck. Bei uns geht es drunter und drüber. Heute ist Premiere; unser neues Modell...«

»Die mit der charmanten Stimme«, unterbrach Biegel aufgeräumt. Er klemmte den Hörer an die Schulter und zündete sich eine Zigarette an.

»Witzbold! Unser neuer Caravan, der Vagabund, wird der Fachpresse vorgestellt. Die Konkurrenz wird staunen.«

»Aber sicher doch, wenn wir die Werbung dafür machen.«

»Du, Biegel, ich glaube, der Neue läßt sich sogar ohne Werbung verkaufen.« Kaupp sprach zögernd, als warte er auf einen Einwand. »Ich meine, etwas Reklame, regional und in Fachblättern, wollen wir schon machen, aber das könnte unsere eigene Abteilung schaffen; der Wadura ist tüchtig.«

Mit kumpelhaftem Ton überspielte Biegel seine Enttäuschung. »Geizkragen! Aber, macht nichts. Wir sind sowieso mit Aufträgen eingedeckt.« Er blies den Rauch gegen die Decke. Dann sagte er: »Was macht dein Kandidat?«

»Hör auf damit«, sagte Kaupp übertrieben lebhaft. »Der sitzt in seinem Hotelzimmer vor einem Videogerät und verschlingt Familienpackungen Eiskrem.« Er schnaufte unwillig. »Wird Zeit, daß die Sache losgeht. Sag mal, hat sich denn inzwischen bei dir jemand gemeldet?«

»Ein Dutzend: Stellungslose Lehrer und Medizinstudenten, ein Verlagsvertreter für linke Literatur, der mich hinterher als Ausbeuter beschimpfte, einige Reiseleiter, ein ehemaliger Söldner – nur nicht der Richtige.«

Er hörte seinen Freund laut auflachen. »Gibst du auf?«

»Aufgeben? Ich lauf' mich gerade erst warm.« Es piepte, und Biegel war ganz froh über die Unterbrechung. »Heinz, da ist ein anderes Gespräch in der Leitung; bis dann, alter Junge.«

»Eine Ria will Sie sprechen, dringend.« Die Geschäftsstimme seiner Sekretärin hatte einen kessen Unterton. »Ich stelle durch.«

8.

»Haben Sie schon jemanden für die Reise?« fragte sie ohne Vorrede.

Biegel zerrieb die Kippe im Aschenbecher, bis nicht mehr als Krümel und schwarze Schlieren zu sehen waren. »Ria... im Moment komme ich nicht drauf, wo...«

»Englisch bei Tee und Plätzchen.«

»Ach Sie!« rief Biegel freudig, ein wenig zu freudig; er senkte die Stimme. »Ja, jetzt erinnere ich mich.«

»Rufe ich zu spät an?«

»Es ist nie zu spät, haben Sie gesagt.« Jetzt hatte er

den richtigen Ton getroffen. Er schlug die Beine übereinander, wippte mit dem Fuß.

»Toll!«

»Nur: Eigentlich suche ich ja einen jungen Mann.«

»Es geht doch nicht um mich«, lachte sie, aber nicht hämisch, es war ein warmes Lachen. »Ich habe mit meinem Bruder über Ihren Zettel gesprochen.«

»Der Typ an der Theke etwa?«

»Nein, nein, das war nur ein Bekannter.« Sie holte tief Luft. »Aber mein Bruder, also der ist vor kurzem von einer längeren Reise zurückgekommen... und jetzt...« Das Frische in ihrer Stimme war verflogen.

»Was ist mit Ihrem Bruder?«

»Der kann sich überhaupt nicht mehr eingewöhnen«, sagte sie bekümmert. Sie stockte, schien nach Worten zu suchen. Doch dann, als sei sie froh, endlich mit jemandem darüber reden zu können, sprudelte sie heraus:

»Der Himmel ist ihm zu grau, sagt er, und die Leute hier würden so fest auftreten. Den ganzen Tag steht er am Fenster mit so einem komischen Blick, wie eingesperrt. Er könnte ja in den Park gehen. Aber da hat ihn mal eine Polizeistreife in Zivil mitgenommen.«

»Was hatte er gemacht?«

»Nichts! Oder doch: Er hat zu lange auf der Parkbank gesessen. Bei uns arbeiten doch alle, und wer arbeitslos ist, der versteckt sich. Mein Bruder kapiert nicht, daß das hier anders ist als in südlichen Ländern. Am liebsten würde er sofort wieder losziehen.« Sie machte eine kleine Pause. »Kein Geld. Für einfache Arbeiten ist mein Bruder zu intelligent und für komplizierte Arbeiten zu verträumt. Mit dem richtigen Reisepartner – aber Sie suchen ja eher so einen Hauruck-Typ, schade!«

»Moment, bleiben Sie dran! Ich suche jemanden wie Ihren Bruder, Hauruck-Typen kommen nicht weit. Allerdings würde Ihr Bruder nicht allein reisen, das heißt, da ist noch ein anderer – ach, das müßte ich Ihnen in

Ruhe erklären. Wie wär's, wenn wir heute abend zusammen essen gingen?«

»Gern. Mein Bruder heißt Les.«

9.

Kaupps wasserblaue Augen blickten an die furnierte Zimmerdecke, seine Fingerkuppen trommelten auf die speckigen Armlehnen des Ledersessels.

Die Enttäuschung in der Stimme seines Freundes war ihm nicht entgangen. Sicher hatte Biegel damit gerechnet, den Auftrag für die Vagabund-Werbung zu erhalten. Darüber war nicht ausdrücklich gesprochen worden, aber bisher hatte Biegel für alle neuen Modelle die Werbestrategien entwickelt.

Kaupp schaute sich die Fotos an, die Wadura von den Testwagen gemacht hatte. Fast zärtlich strich er mit den Fingerspitzen über die großformatigen Hochglanzaufnahmen. Der Vagabund war sein ganz persönliches Baby. Kaupp hatte die Konzeption eines kleinen, preisgünstigen Caravans gegen den Widerstand der Verkaufsleitung, die für solch ein Modell keinen Markt sah, durchgesetzt. Um den Wohnwagen besonders leicht zu machen, waren neue Fertigungsmethoden nötig gewesen. Die Umstellung hatte eine Menge Geld gekostet, für die Werbung war nicht mehr viel im Topf.

Aber die knappe Finanzlage war nicht der einzige Grund, warum Kaupp diesmal auf die Dienste seines Freundes verzichten wollte. »Bau du ruhig deinen Vagabund«, hatte Biegel zu dem Entwurf gesagt. »Auch einen Schuhkarton auf Rädern bring' ich für dich an den Mann.« Dieser Spruch hatte Kaupp gar nicht so gut gefallen. Eine Zeitlang hatte er erwogen, eine andere Agentur zu beauftragen, doch das hätte den Bruch mit Biegel bedeutet.

Kaupp stützte einen Ellbogen auf die Schreibtischplatte und legte sein Kinn in die Handfläche. »Mal sehn«, murmelte er, »mal sehn.«

Er wuchtete seinen schweren Körper aus dem Sessel, durchmaß mit energischen Schritten den Raum und stieß die Tür zum Vorzimmer auf. »Die Personalakte Wadura, bitte!«

Das junge, pummelige Mädchen nahm voller Schreck die Kopfhörer des Diktiergeräts ab. »Akte? Wadura?«

»Ja, Ulrich Wadura.« Er blinzelte. »Ah ja, Sie sind neu bei uns. Fragen Sie mal in der Personalabteilung!« Er deutete auf den zweiten Schreibtisch im Raum. »Wo ist, äh, Frau Vohl?«

»In der Kaffeeküche.«

»Möchte ich auch, mit Milch und Zucker; und besorgen Sie doch Butterkuchen, für Sie, für mich und für Frau Vohl.«

Zehn Minuten später hatte Kaupp vor sich einen Schnellhefter sowie, auf einem Tablett, Kaffee und Kuchen.

Er schlug die Personalmappe auf, begann sie von hinten nach vorne zu blättern. In der ersten Klarsichthülle steckte eine Steuerkarte, in der zweiten ein Papierbogen mit aufgeklebter Stellenanzeige:

»Für den Aufbau unserer Werbeabteilung suchen wir einen WERBEKAUFMANN mit künstlerischen Ambitionen oder einen GRAFIKER/DESIGNER mit kaufmännischem Sinn.«

Auf einem zweiten Blatt fand Kaupp Notizen, die er während des Einstellungsgesprächs gemacht hatte. Die Bemerkungen genügten, Kaupps Gedächtnis aufzufrischen.

Stichwort Borbeck: In diesem Stadtteil zwischen Essen und Oberhausen war Wadura aufgewachsen. Dort hatte er die Mittlere Reife gemacht und anschließend die Berufsfachschule für grafische Berufe besucht. Sohn eines Bergmanns, warum nicht, hatte Kaupp damals gedacht, das ist einer, der den Hang zum Geistigen und Schönen spürt, aber noch weiß, was arbeiten heißt.

Stichwort Giradet: Auch das klang gut. Wadura hatte bei der renommierten Essener Firma als Retuscheur gearbeitet. Wie lange, das stand da nicht, ließ sich aber anhand der Steuerkarte feststellen. Moment!

Kaupp besah sich die Steuerkarte, stieß in den Eintragungen auf beträchtliche Lücken, runzelte die Stirn, und ihm fiel ein, daß sich auch schon damals Mißtrauen in ihm geregt hatte. Aber weiter!

Stichwort Ibiza: Richtig, sonnengebräunt war Wadura zur Vorstellung erschienen, und die hatte im November stattgefunden. Damals wie heute verknüpfte Kaupp das Wort Ibiza mit nackten Mädchen und Hippies. Wadura dagegen hatte vom traditionellen Hang der deutschen Künstler zum Süden gesprochen. Geschwafel war das, nach Kaupps Ansicht, aber Werbeleuten, siehe Freund Biegel, mußte man ja eine Menge nachsehen. Wadura hatte ferner von Erfahrungen im Tourismusgeschäft gesprochen, die er auf der Mittelmeerinsel gesammelt habe. Mit dieser Erklärung hatte er dann Kaupps Bedenken, die Lücken in der Steuerkarte und die Besuche auf Ibiza betreffend, zerstreut.

Kaupp tunkte den Butterkuchen in den Kaffee, betrachtete leicht abwesend die Fettaugen, die sich auf der Oberfläche bildeten, mümmelte an dem aufgeweichten Kuchen und wischte anschließend die Fingerspitzen über seine Hosenbeine.

Stichwort Mietcaravans: Ja, das war ein wichtiger Punkt. Wenn Kaupp sich recht erinnerte, war dieser Punkt sogar ausschlaggebend gewesen für die Einstellung. Wadura hatte nämlich während des Gesprächs, hier in diesem Büro, zum erstenmal den Vorschlag geäußert, Wohnwagenvermietungen in den Hauptferienländern aufzubauen. Eigentlich müsse so etwas doch laufen, hatte er gesagt und auch schon einen Namen parat gehabt: HAPPY CARAVANING.

Es hatte Kaupp schon beeindruckt, daß ein Branchenfremder solch eine Idee so einfach aus dem Ärmel zu schütteln vermochte; eine Idee, auf die nicht einmal sein Freund Biegel gekommen war; eine Idee, die noch heute für das Unternehmen Früchte trug.

Kaupp klappte die Akte Wadura zu. »Mal sehn«, murmelte er und tupfte die Butterkuchenkrumen vom Teller, »mal sehn.«

10.

»Also, Ziel sind die Seychellen«, sagte Biegel, nachdem er Ria gegenüber Platz genommen hatte. Er beugte sich vor, und für einen Augenblick berührten sich ihre Knie.

Ria trug einen flauschigen Wollpulli, ihre Augen, grau mit grünblauen Tupfen, glänzten, und sie verströmte ein Parfüm, für das Biegel mit gutem Gewissen Werbung gemacht hätte.

»Spitze!« rief Les Winterscheid begeistert. »Da wollte ich schon immer mal hin.«

Mit seiner Schwester hatte er so gut wie keine Ähnlichkeit. Er war klein und schmächtig, fast zart. Er hatte ein offenes Gesicht, Sommersprossen und gutgläubige, aber keinesfalls einfältige Augen. Die mittelblonden, glatten Haare fielen ihm in die Stirn, seine Ohren waren etwas groß und abstehend.

»Ich habe gehört«, sagte er, »der einzige Streß, den die Bewohner dort haben, ist, daß sie warten müssen, bis die reifen Kokosnüsse von den Palmen fallen. Die Inseln sollen so fruchtbar sein; man steckt einen Ast in die Erde und kann im nächsten Jahr Bananen ernten.«

Ria legte eine Hand auf Les' Unterarm, als müsse sie

seinen Übereifer dämpfen. »Warum gerade die Seychellen?« fragte sie Biegel.

»Weil man sich dieser Inselgruppe auf dem Landweg sowohl über Afrika als auch über Indien nähern kann.«

Der Oberkellner kam heran wie auf Rädern, begrüßte Biegel mit Namen, legte die Speisenkarten aus und zündete eine Kerze an.

Ria blätterte unschlüssig in den Seiten. Biegel bestellte inzwischen die Getränke, als Vorspeise für alle Avocados mit Garnelen und zum Nachtisch ein Soufflé Alaska. Ria entschied sich schließlich für gedünstetes Gemüse, ohne Fleisch, ohne Fisch, auch nicht mit Käse überbacken, wie vom Ober angeregt, nein, Gemüse pur. Les, den Biegel als Vegetarier eingeschätzt hatte, wünschte sich viel Fleisch mit leckerer Soße.

Die Augenbrauen des Obers ruckten in die Stirn, blieben dort. Mit nahezu unbewegten Lippen versuchte er den Wunsch zu präzisieren: »Boeuf double avec de la sauce bernaise«, näselte er, eine Hand steif auf dem Rükken.

Biegel bemerkte, wie Ria sich ein Lächeln verkniff, und zum erstenmal verursachte ihm das Gehabe des Obers gelinde Bauchschmerzen. Die Damen und Dämchen, die er früher hierher ausgeführt hatte, hatten sich stets beeindruckt gezeigt.

Das Restaurant *Treppchen* war alt und teuer, und es war bekannt dafür, daß nicht jeder dort eine Tischreservierung bekam. Die Einrichtung, in Rot und Gold gehalten, entsprach der klassischen Plüschzeit. Die Gäste, die hier verkehrten, dachten bei dem Wort Golf nicht in erster Linie an eine Automarke oder an eine Sportart, sondern vielmehr an Geschäftsabschlüsse.

Die Tische waren klein, die Stühle unbequem, und Biegel wußte nicht wohin mit seinen langen Beinen. Am Nebentisch ging es gerade um die Frage, was die bessere

Wertanlage sei, ein Grundstück in Florida oder ein Filzanzug von Joseph Beuys.

Biegel senkte die Stimme: »Welchen Weg Sie zu den Seychellen wählen und wie Sie den Weg dorthin zurücklegen, ist Ihre Sache, mit Bus, Bahn, per Anhalter, zu Fuß oder hoch zu Pferd, mit einer Segeljacht oder auf einem Tanker – nur nicht einfach hinfliegen. Sie sollen ja was erleben.«

Der näselnde Ober erschien. Ria gab ihrem Bruder die Garnelen, träufelte statt dessen Essig und Öl auf die Avocado. Les begann zu essen, mit großem Appetit und völlig ungezwungen. Biegel gab dem Ober einen Wink, der Mann zog sich zurück.

»Startkapital sind tausend Mark. Weiteres Geld können Sie monatlich anfordern. Den Betrag müssen wir noch ausmachen. Jedenfalls wird er ausreichen, daß Sie weiterkommen.«

Les hörte auf zu kauen, seine Augen wurden immer größer. Es sah aus, als lausche er einer wundersamen Melodie. Rias Blick wurde argwöhnisch, sie schien sich zu versteifen.

Auf einmal kam sich Biegel wie ein Weihnachtsmann vor, aber im schlechten Sinne, irgendwie vertrottelt und verbraucht. Er griff noch einmal in den Gabensack. »Das Reisestipendium gilt zunächst für sechs Monate. Am Ende gibt es eine Prämie.«

»Warum tun Sie das?« fragte Ria nachdenklich.

»Nennen Sie's von mir aus die Marotte von zwei älteren Männern.« Er wandte sich an den Jungen: »Es gibt auch Pflichten.«

Les stutzte, legte Messer und Gabel beiseite. Biegel fuhr fort: »Ich erwarte von Ihnen jede Woche ein Tonkassette mit einem Kurzbericht über den Verlauf der Reise. Dieser Bericht, zusammen mit Polaroid-Fotos, ist der Nachweis, daß Sie nicht einfach in Rimini am Strand liegen und auf eine neue Geldüberweisung warten.«

Les strich sich die Haare aus der Stirn. »Verstehe ich, ganz klar.« Seine Haltung entspannte sich.

Rias Miene blieb skeptisch. »Sie sprachen eben von einer Prämie, wovon hängt die ab?«

»Von der Leistung Ihres Bruders.« Biegel drehte das Glas mit dem Mineralwasser, das hier soviel kostete wie woanders ein Wein mittlerer Preisklasse; er trank, stellte das Glas wieder hin, sagte langsam: »Das Ganze ist ja eine Wettreise. Aber es geht nicht darum, wer von den beiden am schnellsten ist, sondern wer am meisten erlebt.«

»Wieso von den beiden?« Sie schob den Teller zur Seite, betupfte mit der Leinenserviette ihre Lippen.

Biegel tastete in Gedanken die Umrandung ihres Mundes ab und versuchte ein gleichgültiges Lächeln: »Ach ja, das hatte ich noch nicht erwähnt: Ihr Bruder tritt gegen einen Mitbewerber an, einen jungen Mann, den er nicht kennt und den er wahrscheinlich nie treffen wird.«

»Hast du das gehört, Leslie?« Ihre Stimme klang alarmiert. »Das ist ein Wettbewerb.«

»Ja, ja«, antwortete Les abwesend. »In Ordnung. Ich glaube, ich nehme den Weg über Afrika.« Mit dem Daumennagel fuhr er über die gestärkte Tischdecke, hinterließ dort Linien. »Spanien, Gibraltar, rüber nach Marokko und durch die Sahara, dann die mauretanische Route.«

II.

Die Wohnung glänzte vor Sauberkeit, alle Vasen standen auf Zierdeckchen millimetergenau an der Stelle, wo sie bei Biegels letztem Besuch gestanden hatten. Das war ein halbes Jahr her. Auf der Ablage unter dem Fernseher lag noch immer dasselbe Buch, ein Bestseller, den man gelesen haben mußte. Nichts deutete darauf hin, daß in diesem Wohnzimmer tatsächlich gewohnt wurde. Es hätte der Ausstellungsraum eines Möbelzentrums sein können, beherrscht von einem altdeutschen Wandschrank, vier Meter Eiche für eine Handvoll Nippes.

An den Wänden zwei Ballettszenen von Degas, die Rahmen teurer als die Bilder; vor den Fenstern Wolkenstores; aus der Stereoanlage, die noch die Bezeichnung Musiktruhe verdiente, plätscherte süßliche Klaviermusik.

Biegel überreichte Hannelore die Sektflasche. Seinem Freund, der sich aus dem Sessel erhob, legte er eine Hand auf die Schulter. »Na, was meinst du, wo unsere Jungs jetzt schon sind?«

»Achim, also wie ich den einschätze, sitzt bereits in einem Wiener Kaffeehaus und löffelt Sahne. Die Strecke macht der doch in einem Rutsch, höchstens zwei. Der ist auf Zack.« Er stieß Biegel gegen die Brust. »Und deiner? Scheint mir eher einer von der verträumten Sorte zu sein. Wie der da so am Zubringer stand, in seinen kurzen Lederhosen; vielleicht hat ihn inzwischen schon der Jugendschutz aufgegriffen.« Kaupp feixte, seine geröteten Augen verrieten, daß er schon getrunken hatte.

»Laß mal, Les ist dreiundzwanzig, und er ist schon ganz schön rumgekommen. Abwarten, mein Lieber.«

Hannelore kam herein, sie verteilte vier gläserne Untersetzer auf dem ovalen Tisch, stellte drei langstielige Gläser ab und hielt Biegel die mit einem Küchentuch umwickelte Sektflasche hin. »Das ist Männersache.«

Ihre Bewegungen waren zielstrebig und ein wenig eckig. Obwohl sie keinerlei Sport trieb, machte sie einen sportlichen Eindruck. Der braune Samtanzug ließ ihren hageren Körper weicher erscheinen. Sie hatte schwarzes kurzes Haar, flinke dunkle Augen und den schmalen Mund einer Besserwisserin.

Der Sektkorken kam mit einem gedämpften ›Plob‹,

Biegel füllte die Gläser, sagte: »Also dann, auf einen guten Start unserer Jungs!«

Er hob das Glas an den Mund, süffelte, schmeckte nach und blickte in die perlende Flüssigkeit. Hannelore nippte, Kaupp leerte sein Glas in einem Zug, schenkte sich nach. »Setz dich, mach's dir bequem.«

Biegel legte sein Jackett ab. Kaupp streckte die Beine, brachte eine Zigarre in Gang und kam auf den Vagabund zu sprechen. »Die Testwagen sind im Einsatz, die Serie läuft an. Du, Biegel, der Vagabund ist ein prima Wägelchen.«

»Ah ja, schön«, sagte Biegel unbeteiligt. Ihm fiel ein Spruch ein:

DIE WELT WIRD RUND –
MIT EINEM VAGABUND

Hannelore hörte eine Weile zu, dann verließ sie den Raum. Auf dem Weg nahm sie das Jackett mit, das Biegel über einen Stuhl geworfen hatte. Sie kam noch einmal zurück, legte eine andere Platte auf, einen Operntenor, der gute alte Rockmusik verknödelte. Summend begann sie in der Küche zu hantieren.

»Tüchtige Frau!« strahlte Kaupp. »Und du, nichts Neues?«

»Nichts Festes.«

»Ha, stell dir vor, fragt mich der Achim doch schlankweg, ob ich vom anderen Ufer sei. Ich! Mensch, Biegel, du weißt doch, was ich liebe.« Er blickte an Biegels Schulter vorbei zur Dielentür, zwinkerte und malte mit seinen Händen etwas Knubbeliges in die Luft. »Dafür würde ich eventuell was ausgeben, aber nur dafür, wenn überhaupt«, lachte er dröhnend. »Im Betrieb ist jetzt eine...« Er steckte sich die Zigarre zwischen die Lippen, paffte wild drauflos.

Hannelore kam mit einem Servierbrett. »Ihr habt ja einen Mordsspaß, freut mich«, sagte sie, aber es klang wenig begeistert. Sie stellte die Käsehappen ab, durchmaß mit ihren forschen Schritten den Raum, zerrte die Wolkenstores zur Seite und klappte das Kippfenster runter. »Damit ihr nicht erstickt«, sagte sie, aber es klang wenig fürsorglich.

Kaupp griff nach ihrer Hand, als sie an ihm vorbei zur Tür wollte. »Bleib, Lörchen.« Er tätschelte ihr das Hinterteil. »Weißt du eigentlich, daß wir, Biegel und ich, heute einen Jugendtraum verwirklichen? Was, das glaubst du nicht? Biegel, sag du es ihr. Du bist doch der Wortgewaltige, der, äh, Wortvergewaltiger.« Er gluckste.

Biegel schmunzelte. »Bist ja richtig in Form, Heinz.«

»Und ob! Ab heute sind unsere Seelen unterwegs. Lörchen, was du hier siehst, sind nur unsere Körper. Stimmt's, Biegel, unser Geist ist auf Weltreise! Wir sind geistige Abenteurer, sind wir.«

»Betrunken bist du.« Hannelore entzog ihm die Hand. Mit Leidensmiene fegte sie die Zigarrenasche vom Tisch in ihre Handfläche.

Kaupp griff nach der Sektflasche und sagte mit Gesten, die er seinem Freund abgeschaut hatte: »Wir zwei beide haben das bürgerliche Dasein aufgegeben, blicken ab heute den Gefahren ins Auge und sammeln, Höhen und Tiefen durchschreitend, Erfahrungen fürs Leben.«

Er schüttete den Rest Sekt in sein Glas; die Flasche hatte er fast allein getrunken. »Hab' ich das nicht gut ausgedrückt, Biegel? Hätten deine Worte sein können, was?« Er blies über den Flaschenhals, er lachte und sagte, das trockene Zeug mache nur Durst, stand auf, tapste zum Wandschrank und kam mit einer Kognakflasche wieder.

»Was Vernünftiges, komm, trink!«

»Ich muß noch fahren.«

»Quatsch, mußt du nicht, kannst doch hier schlafen. He, Lörchen«, rief er, »mach das Gästezimmer klar, für meinen Freund!«

Hannelore lugte um die Ecke, ihr Gesicht war versteinert. »Sicher, warum nicht. Kannst bleiben.«

»Ein andermal.« Biegel stand auf, klopfte seinem Freund auf die Schulter.

Hannelore brachte das Jackett, zwar nicht im Laufschritt, doch ziemlich eilig. Sie drückte Kaupp, der sich erheben wollte, in den Sessel zurück. Sein Grinsen war schäfisch, wie ein verspielter Bock stieß er mit dem Kopf nach ihr. »Lörchen, hab' ich's dir schon gesagt?« lallte er. »Einen tollen Hintern hast du in diesem Hausanzug, ein richtiger Hosenhinternanzug ist das.«

Im Flur drehte Biegel sich noch einmal um. Die Käseschnittchen standen unberührt, von der Tischplatte rann Kognak auf den Teppich. Kaupp hatte die Füße mit den Pantoffeln weit von sich gestreckt, seine kahle Schädeldecke glänzte, an den Seiten kringelten sich verschwitzte, flusige Löckchen, das Doppelkinn war ihm auf die Brust gesunken. Er grunzte zufrieden.

Hannelore ging voran. Am Ende des Flurs knipste sie die Außenlampe an, öffnete die Tür, ließ Biegel vorbei. Das Licht fiel auf sauber gefugte Steinplatten, auf Rosenstöcke und Edeltannen und auf einen getrimmten Rasen, an dem ein Bürstenbinder seine Freude gehabt hätte.

Drinnen polterte etwas zu Boden.

»Was hast du mit Heinz gemacht?« zischelte Hannelore.

»Gemacht?«

»Schon seit ein paar Tagen ist er so…« Sie suchte nach dem passenden Wort: »So aufsässig!« Ihr gequältes Lächeln ließ keinen Zweifel daran, wem sie die Schuld am Zustand ihres Mannes gab.

»Er hat getrunken, er hat Spaß, na und?«

»Ihr und eure Weltreise oder Wettreise!«

»Und das ist erst der Anfang«, sagte Biegel vergnügt, drückte ihr einen Kuß auf die Wange und trat hinaus in die erfrischende Abendluft.

12.

Die Werbeabteilung in der Firma Kaupp Caravans wurde von allen Betriebsangehörigen nur die Dampfküche genannt – viel heiße Luft, sonst gar nichts. Nur einer, ihr Leiter Uli Wadura, sprach beharrlich von seinem »Creative Office«.

Das Office war ein handtuchschmaler Raum am Ende eines Flurs zwischen der Kaffeeküche und den Toiletten. Es gab ein Fenster, das zum Süden ging, grundsätzlich jedoch mit einer Jalousie verhängt war; Wadura bevorzugte Kunstlicht.

Da er mal gehört hatte, daß Schöpferkraft nur aus dem Chaos erwächst, herrschte ein gezieltes Durcheinander von Plakaten und Warenmustern, von Werbegeschenken irgendwelcher Vertreter, von Wohnwagenzubehör aus dem Betrieb und von Autoersatzteilen aus Waduras persönlichem Besitz.

Wadura trug ständig eine Sonnenbrille, hochhackige Stiefeletten mit Stoßplättchen aus Messing und dunkle Hemden, dazu entweder eine schmale Lederkrawatte oder einen etwas dickeren Schnürsenkel mit Totem, so ein Ding aus den fünfziger Jahren. Sommers wie winters lief er in einem abgewetzten Ledermantel umher, den er auch in seinem Büro nur selten ablegte. Damit gab er sich den Anstrich, stets auf dem Sprung zu einer Verabredung oder zu einem seiner Arbeitsplätze zu sein; er hatte viele.

Wadura verfaßte die Kundenzeitschrift »Kaupp-Kurier« und hin und wieder, bei Modellwechsel, eine neue Bedienungsanweisung. Zu seinen Aufgaben gehörte es aber auch, die Ausstellungsräume zu dekorieren und beim Messeaufbau dafür zu sorgen, daß die Blumenspindeln optimal zwischen die Wohnwagen gestellt und die Punktstrahler richtig angebracht wurden.

Doch das war längst nicht alles; er war auch sonst

noch für allerlei Arbeiten zuständig, aber eben nicht für die eigentliche Firmenwerbung. Das wurmte ihn sehr. Denn Wadura hielt sich für fähig, für fähiger jedenfalls als diesen aufgeblasenen Biegel, dessen Erfolge seiner Meinung nach nichts mit Kreativität und Klasse zu tun hatten, sondern nur mit Masse.

Wadura hatte keine Freunde, wollte keine Freunde. Die Arbeiter im Betrieb hielt er allesamt für dämlich, die Verkäufer beneidete er, weil sie mehr verdienten als er, die übrigen Angestellten waren ihm zu spießig. Einigermaßen leiden konnte er nur Ingrid Schumacher, die in der Firma ebenso unbeliebt wie er selber war, eine klatschsüchtige Schnepfe von dreiundvierzig Jahren, mit viel Zahnfleisch und einer Vorliebe für grelle Blusen und Schmetterlingsbrillen. Ingrid war Waduras einzige Mitarbeiterin; er nannte sie Bella. Einmal, gleich nach den ersten gemeinsamen Überstunden, hatte er sie auf den Sofasitzen seines Ami-Schlittens gebumst, ein Sozialfick, einmal und nie wieder.

Das Telefon schrillte, Bella hob ab, zeigte lange Zähne.

»Uli, der Alte fragt nach, was mit den Testberichten ist.«

Wadura blickte kurz hoch und machte eine obszöne Geste zum Telefon. Sein Widerwille gegenüber Kaupp überstieg das gesunde Maß an Abneigung, das der durchschnittliche Angestellte gegenüber seinem Chef hegt. »Der soll warten«, knurrte er und kramte weiter in einem Wust von Zeitungen und Magazinen.

»Was ist mit dem Schrott auf dem Zeichentisch? Kann der weg?« wollte Bella wissen.

»Schrott? Das ist der Kolben von einem Achtzylinder V-Motor«, stellte Wadura klar. Er nahm das Kaugummi aus seinem Mund, klebte es an den Kolben. »Das war einer«, betonte er. »Jetzt ist es Kunst.«

»Ach, ist er kaputt, dein geliebter Capri?«

Obwohl Wadura es verdammt eilig hatte, erklärte er der Zicke noch den Unterschied zwischen einem popeligen Ford Capri aus Köln und einem Ford Mustang aus Detroit, USA. »Rex Gildo und Chuck Berry, verstehste? Nee? Hör zu! So'n Capri hat ein Gummimotörchen und wurde von Schnullis gekauft, der Mustang T 5 aber hat 'ne 5-Liter-Maschine unter der Haube, ein amerikanischer Klassiker mit Wummm; wie Coca Cola, bevor man das Cocaine aus der Mischung nahm.« Schnüffelnd rieb er seine lange Nase über den Unterarm. »Verstehste?«

Sie kapierte nichts, natürlich nicht. Zwecklos! dachte Wadura. Aber wie sollte sie auch was kapieren? Zwar war sie zehn Jahre älter als er, aber eben nie 'rumgekommen.

Wadura klemmte sich einen Packen Zeitschriften unter den Arm. Bella deutete mit den Daumen auf ihre Achseln, meinte aber seine. Auf seinem schwarzen Hemd zeichneten sich unter den Achseln grauweiße Schweißränder ab.

Er machte eine wegwerfende Bewegung und stiefelte los, über den Flur, vorbei an den Konstruktionsbüros, um die Ecke zur Betriebsleitung. Er wollte gleich durch. Die Neue im Vorzimmer sprang auf, klopfte an die Tür, wartete auf ein Brummen von drinnen, dann nickte sie ihm zu. Sie war klein, prall, hübsch, nichtssagend, und irgendwann würde sie während ihrer Ausbildungszeit auch die Werbeabteilung durchlaufen.

Wadura betrat das Chefzimmer. Hinter dem Holzmonster von einem Schreibtisch hockte Kaupp wie eine Kröte, feist, häßlich, mit roten Augen und Tränensäkken, die von einer durchzechten Nacht sprachen.

Wadura blätterte in den Zeitschriften. »So, hier sind die ersten Testberichte über den Vagabund.«

»Danke. Und wie sieht's aus?«

»Eher bescheiden. Wenn Sie selbst schauen wollen.

Die Kernsätze habe ich mit Leuchtstift markiert.« Wadura legte ihm die aufgeschlagenen Zeitschriften vor.

Kaupp klappte eine Lesebrille auf, wies mit dem Bügel zum Besuchersessel und begann halblaut zu lesen. Die Übergänge zwischen den markierten Stellen füllte er mit gemurmeltem »Dedede«.

»...vom Entwurf her eine Enttäuschung... das neue Modell von Kaupp-Caravans, der Vagabund 320, rollt am Trend vorbei, zu spartanisch, zu klein...« Er räusperte sich, plirrte über den Brillenrand, las weiter: »Das jüngste Kind aus dem Hause Kaupp dürfte es im Kreise der erwachsenen Wohnwagen schwer haben... billig, aber...«

Kaupp schob die Berichte von sich. Er nahm die Brille ab, unter einem Auge zuckte ein Muskel, er fuhr mit dem Handrücken darüber, ohne Erfolg. Seine Unterlippe, seine Wangen, das ganze Gesicht verlor seine Spannkraft, sackte nach unten.

»Gibt es auch einigermaßen positive Kritiken?« brachte er nach einer Weile tonlos hervor.

»Ja, zwei oder drei. Aber die stehen in Blättern, in denen wir seit Jahr und Tag Anzeigen laufen haben.«

Wadura stand auf. Als er sich über den Schreibtisch beugte, nahm er eine solide Kognakfahne wahr, durchsetzt von Pfefferminzgeruch und Deodorant. Es roch wie in einem Aufzug, der Wochen festgesteckt hatte.

»Hier, in der Beilage vom Lokalblatt...«

»Schon gut«, blaffte Kaupp. »Das können Sie in unserer Kundenzeitschrift unterbringen. Was für mich zählt, sind die echten Testberichte.«

Wadura wich der säuerlichen Alkoholfahne aus, sagte kleinlaut: »Die sind wirklich nicht rosig.«

Sein Tonfall brachte die erwartete Reaktion. »Das haben wir bereits festgestellt«, polterte Kaupp. »Wie wäre es zur Abwechslung mal mit Lösungen. Sie haben das Geschmiere doch vorher gelesen, aber haben Sie sich auch schon Gedanken gemacht? Denn dafür bezahle ich Sie schließlich.«

Die Worte trafen Wadura wie Fußtritte; wieder einmal fühlte er sich wie ein Hund behandelt. Seine Hände auf dem Rücken ballten sich zu Fäusten. Die Zeit zum Beißen war noch nicht gekommen, noch mußte er kuschen.

»Doch ja, ich habe mir Gedanken gemacht. Darf ich mal?« Er zog unter dem Zeitschriftenpacken das Fachmagazin ›Caravaning‹ hervor. »Vielleicht sollten wir an diese Überlegung anknüpfen und eine Werbestrategie aufbauen. Die schreiben hier: ›Zu einer Zeit, da andere Hersteller immer größere und komfortablere Wohnwagen bauen, bringt Kaupp den nur 3,20 m langen, schmalbrüstigen und äußerst karg eingerichteten Vagabund 320 auf den Markt. Wer soll ihn kaufen? Die jungen Leute etwa? Auf ihren Geschmack scheint der laubgrüne (im Gegensatz zum traditionellen Weiß) lackierte Caravan ja zu zielen. Auf ihren Geldbeutel scheint...‹«

»Ja, ja, das hatten wir doch alles«, unterbrach Kaupp. »Das sind doch mehr oder weniger unsere Worte, das stand doch in unserer Pressemitteilung: neue Käuferschichten, junge Leute und so weiter. Also bitte!«

Waduras Gesicht blieb unbewegt. »Ich war noch nicht fertig, Herr Kaupp. Ich dachte an den folgenden Satz: ›Aber besagte Zielgruppe reist nun mal lieber per Flugzeug, Bahn oder allenfalls im selbstausgebauten Campingbus. Diese jüngeren Leute halten Wohnwagen – traurig, aber wahr – für Opa-Fahrzeuge‹ Zitatende.«

Wadura hob den Kopf. Nun mußte er sich höllisch zusammenreißen, um nicht doch noch schadenfroh zu grinsen.

Kaupp schwieg. Nach einer Weile sagte er bissig: »Auch nicht gerade ermutigend« und schwieg weiter.

Wadura machte einen neuen Vorstoß. »Das verstaubte Image der gesamten Wohnwagenbranche ist der eine springende Punkt, der andere ist, daß wir das junge Publikum, also unsere spezielle Vagabund-Zielgruppe, erst einmal erreichen müssen. Mit den üblichen Anzeigen in Fachblättern und Illustrierten, mit den hergebrachten Werbestrategien, wie von Biegel & Partner entwickelt, schaffen wir das aber nicht. Das schaffen wir höchstens mit j u n g e r Werbung.«

Einen Augenblick glaubte Wadura, zu weit gegangen zu sein. Kaupp schob die Unterlippe vor, seine Augen verengten sich. Bedächtig, als kaue er an einem zähen Stück Fleisch, sagte er: »Und, wissen Sie was Besseres? Was schlagen Sie denn vor?«

Sieh an, Schwabbelbacke fragt mich um Rat, ging es Wadura durch den Kopf. Jetzt, wo der Karren im Dreck steckt, ha! »Ich hab' da eine Idee.«

»Ideen haben viele. Die Durchführungen interessieren mich.«

»Darüber habe ich auch schon nachgedacht.« Mit selbstbewußten Schritten ging er zum Besuchersessel, nahm Platz, schlug die Beine übereinander und sagte: »Ich dachte an Werbeträger, die in der Wohnwagenbranche unüblich sind. Für den Vagabund müßten wir beispielsweise in den Kinos werben oder bei Sportveranstaltungen; Fernsehen ist zu teuer, aber Funkwerbung über die kommerziellen Sender, das wäre was. So kämen wir an die angepeilten Käuferschichten ran, nämlich an die, die keine Fachblätter lesen, keine Illustrierten, keine Zeitungen, die vielleicht überhaupt nicht lesen.«

»Und wie stellen Sie sich das vor?«

Kaupp holte eine Seltersflasche aus seinem Schreibtisch, goß ein hohes Glas voll, schluckte gierig. Die Kohlensäure trieb ihm Tränen in die Augen, machte sie noch röter. »Auch ein Glas?« fragte er, auf einmal verbindlich. »Nein? Einen Kaffee? Auch nicht? Na, dann schießen Sie mal los!«

Wadura lehnte sich zurück, wippte mit seinen Füßen,

preßte die Fingerkuppen gegeneinander, bis sie knackten. Schweinebacke hat angebissen. Ich kriege den Auftrag, ich! Nicht sein großmächtiger Werbefreund Schniegel-Biegel, der dem hauseigenen PR-Neger hin und wieder von dem Werbekuchen gönnerhaft einen Brocken zuwirft. O ja, ich werd's ihm zeigen, ich werd's beiden zeigen, was man mit Werbung machen kann, auch ohne ein riesiges Team, wenn man was los hat. Eine Chance, sonst nichts! Und dann, nach dem großen Heuler, der die Art-Direktoren von Eggert über Troost bis hin zu Grey und Lintas aufhorchen läßt, kann ich in jeder Spitzenagentur einen Job kriegen. Mit 'nem fußballfeldgroßen Büro in der Düsseldorfer City und schnuckligen Tipsen und Reinzeichnerinnen, die ich aussuche. Herr Wadura vorne und Herr Wadura hinten und mit Puderzucker. Ha! In einer Woche glaubt der Alte, es wäre sein Einfall gewesen, aber das juckt nicht. Schweinebacke hängt am Haken, das zählt.

»Radiowerbung meinen Sie, Herr Wadura?«

»Ja, aber nicht die üblichen Spots, wo jeder gähnt und innerlich abschaltet. Ich stelle mir reportageartige Reiseberichte vor, kleine spannende Storys. Flotte Musik vorher, flotte Musik nachher, so was zündet bei den Zwanzig- bis Fünfunddreißigjährigen.«

»Hmm, hmm. Was machen Sie zur Zeit?«

»Texte für den Zubehörkatalog.«

»Alles liegen lassen! Sprechen Sie mit den Radioleuten über Kosten, maximale Länge der Einblendungen, Höreranalysen, wer wann was hört; na, Sie wissen schon.« Ein Rülpsen entrang sich seinem Bauch.

»Soll ich auch schon mal einen spritzigen Text machen?«

Kaupp fixierte einen Punkt über Waduras Kopf, während er neben dem Schreibtisch nach der Selterflasche angelte. »Damit können Sie noch warten«, sagte er streng. »Sonst noch was?«

Ja, was wohl? Das Wichtigste: der Schotter, die längst fällige Gehaltserhöhung, du Schnarch! giftete Wadura innerlich, seine Miene jedoch blieb ausdruckslos. Langsam schüttelte er den Kopf und stand auf.

13.

Das Leben ist schön, ich bin guter Dinge. Ich hoffe, daß Ihnen mein erster Bericht wenigstens etwas Freude bereitet hat, Freude aus zweiter Hand sozusagen. Nochmals vielen Dank, und bitte grüßen Sie meine Schwester von mir!

Biegel bückte sich zu dem Kassettendeck seine Hifi-Anlage, drückte die Stopptaste, entnahm die Kassette und steckte sie zurück in den gepolsterten Umschlag. Spanische Briefmarken, Stempel vom 25. Mai, den Ort konnte er nicht entziffern.

Freude aus zweiter Hand? Ein Lächeln kräuselte seine Lippen. »Mal sehen, mal sehen!« murmelte er.

Er ging in das große, durch eine Glaskuppel erhellte Badezimmer und drehte an den geschwungenen Jugendstilarmaturen. Das Wasser sprudelte erst kalt, dann heiß, dann hatte es die richtige Temperatur. Er zog sich aus, ließ die Kleidungsstücke achtlos auf die weißen Fliesen fallen und stellte sich unter die Dusche. Er seifte sich von Kopf bis Fuß ein, knetete seine Muskeln, trommelte mit den gestreckten Fingern auf die angespannte Bauchdecke. Für einen Mann von Mitte fünfzig war er gut in Form.

Beim Abrubbeln vor dem Spiegel schnitt er allerlei Grimassen. Obwohl es ihm dabei nicht gelang, so schön, dumm und brutal auszusehen wie die Bestien, die neuerdings wieder für Naßrasierer Reklame machten, war er ganz zufrieden mit sich. Mit Sorgfalt wählte er seine Unterwäsche aus, stieg in eine Jeans, die aus der teuersten Kö-Boutique stammte, und legte eines seiner maßgeschneiderten Hemden an. Eine Weile war er sich nicht schlüssig, welches Jackett er anziehen sollte, dann entschied er sich für das aus schwarzem Leinen. Er nahm an, daß Ria eine Vorliebe für Schwarz habe.

Die Melodie eines albernen Schlagers pfeifend, verließ er seine Wohnung, eine Luxusetage unter dem Dach eines fünfstöckigen Bürgerhauses im Düsseldorfer Stadtteil Oberkassel. Er setzte sich in den Porsche, drehte das Radio an und fuhr los, einen Kilometer am Rhein entlang, dann über die Kniebrücke in Richtung Bilk.

Er fuhr einmal um den Block, in dem das *Schalom* lag, und stellte den Wagen schließlich auf dem Gehweg nahe dem Eingang ab, zwischen zwei Betonkübeln mit verkümmerten Blumen, Plastikbechern und Pappschalen, bekleckert mit Senf und Ketchup.

Mit federnden Schritten betrat er das Lokal. Er sah sie sofort. Ria lehnte an der Säule mitten im Raum. Sie hielt eine Tasse mit beiden Händen und unterhielt sich mit dem Brillenträger, der auf zorniger junger Schreiber machte, aber nur ein Rotzlöffel war.

»Sekunde Zeit, Ria?«

»Hallo!« Sie drehte sich schwungvoll zu ihm um, ihre Augen freuten sich. Der Jüngling guckte verbiestert.

»Schöne Grüße von Les.« Biegel klopfte mit der flachen Hand auf seine Brusttasche. »Falls Sie Lust haben, seinen Bericht zu hören, die Kassette habe ich dabei.«

»Au ja!«

Draußen, mit dem Wagenschlüssel in der Hand, sagte er: »Ich könnte Sie nach Hause bringen, Sie könnten ihren berühmten Tee zubereiten, und derweil...« Sie krauste die Nase, und er machte einen anderen Vorschlag: »Oder wir fahren ein Stückchen über die Autobahn, so zur Einstimmung, weil Les ja -«

»Können wir nicht einfach um die Ecke zu einem Parkplatz fahren und dort die Kassette anhören?«

Vor der nächsten Ecke mußten sie noch an einer Ampel halten. Ein Motorradfahrer stellte sich neben den Porsche, schaute ins Wageninnere und reckte auffordernd das Kinn. Er spielte mit dem Gas. Als die Ampel umsprang, ließ er die Kupplung schnalzen. Die Maschine bäumte sich auf und zog ab wie ein chromblitzender Drache. Der Porsche stand noch auf dem Fleck. Biegel hatte sich nicht herausfordern lassen; er fuhr betont verhalten an. Doch der Fahrer hinter ihm, der anscheinend von einem Sportwagen eine andere Fahrweise erwartete, hupte und blendete die Scheinwerfer auf.

»Ist es nicht lästig, solch ein Auto zu fahren?« fragte Ria, aber es war keine Frage, sondern eine Feststellung.

Auf dem Parkplatz einer Tankstelle hielt Biegel an, stellte den Motor ab und schob die Kassette ein. Die teure Anlage gab Les' Stimme, die sehr jungenhaft war, zusätzliches Volumen. Ria hörte schweigend zu, atmete tief und machte kleine, nervöse Bewegungen. Biegel legte seine Hand bei ihr auf die Rückenlehne, traute sich aber nicht, sie zu berühren. Er nahm sich vor, sie später zu fragen, ob er bei ihr Unterricht nehmen könnte: to brush up my English.

Als das Band etwa zur Hälfte abgelaufen war, meldete sich das Autotelefon. Biegel drückte den Anruf weg, betont nachlässig, und blickte durch die Frontscheibe. Der Wagen stand im Schlagschatten der Waschanlage. Ein flackerndes Leuchtschild warf hartes Licht über den Vorplatz, über die Zapfsäulen, Abfalltonnen und Werbetafeln. Die Markennamen und Slogans sprangen Biegel regelrecht an:

BLEIFREI FÜR DEN MOTOR
IST BESSER FÜR UNSEREN WALD
IST SUPER FÜR DEINE KINDER

Die Tankstellen hatten sich zu Umweltstationen gewandelt, und aus den guten, alten Tankwarten waren mittlerweile Naturschützer geworden.

Biegel lenkte seinen Blick zu Ria, die bei einer Passage, die auch er lustig gefunden hatte, laut auflachte. Danach hörte sie entspannt zu, die Hände locker im Schoß, rief hin und wieder leise »Typisch Les!« und schmunzelte.

Dann war das Band zu Ende. »Schön!« sagte sie und nach einer Weile: »Tja, macht's Ihnen denn nun Spaß, daß mein Bruder für Sie unterwegs ist?«

Sie verschränkte die Arme im Nacken und sah ihn eigentümlich an. Biegel spürte den Druck ihrer Schulter an der Hand, die immer noch auf der Rückenlehne lag.

Das Telefon knurrte wieder. Biegel regte sich nicht. Ria machte eine Handbewegung zu dem Hörer, sagte: »Tun Sie sich keinen Zwang an, ich bin schon weg.«

Bevor Biegel etwas erwidern konnte, hatte sie die Wagentür aufgerissen und ihre Beine hinausgeschwungen. Ein kurzer Wink durch die Scheibe, beschwingt und mit wehenden Haaren lief sie über den Platz. Das Leuchtschild übergoß sie mit blauem Licht. Ohne sich noch einmal umzudrehen, kreuzte sie die Straße; dann verschwand sie im Schlagschatten der Häuser.

Biegel atmete tief durch, er tastete nach dem Hörer, hob ab. »Ja?« fragte er mit belegter Stimme.

Kaupp war am Apparat.

14.

»Heinz, den Vorschlag meinst du doch nicht ernst?«

»Natürlich! Ich denke, wenn die Jungs schon auf unsere Kosten unterwegs sind, können sie sich auch ein wenig nützlich machen.« Kaupps Stimme klang wie die eines Skatspielers, der drei Buben auf der Hand hat und im Stock den vierten findet.

Biegel fummelte in der Sakkotasche nach der Zigarettenpackung. Schon die ganze Zeit hatte er das Bedürfnis gehabt, sich eine Zigarette anzustecken, hatte es aber mit Rücksicht auf Ria unterlassen. Irgendwann würde er mit dem Rauchen aufhören, aber sicher nicht heute und wahrscheinlich auch nicht morgen.

»Nützlich machen, sagst du? Heinz, das sieht verdammt nach Etikettenschwindel aus!«

»Na, na, hartes Wort. Biegel, denk doch mal an deine Werbeaktionen, zum Beispiel die Safari-Fotos vom ›Nomad‹, die gefährliche Flußüberquerung: Das Floß stand auf einem Betonklotz, und die Palmen im Hintergrund stammten aus dem Botanischen Garten.« Kaupp gluckste, und es hörte sich an, als hätte er zu dem vierten Buben jetzt auch noch ein weiteres As aufgedeckt.

»Ja ja, die alte Geschichte.« Biegels Lachen klang gequält. »Ohne Betonunterbau wäre das Floß samt deinem Wohnwagen ja untergegangen.«

»Nun?« fragte Kaupp, wieder ernst.

»Da wäre noch die Rechtslage, Recht am eigenen Bild oder Wort und so weiter; eben alles, was das Urheberrecht als ›geistiges Eigentum‹ bezeichnet – und schützt.«

»Hat Wadura schon geprüft. Der Vertrag, den die Jungs unterschrieben haben, läßt uns freie Hand.« Deutlich war durchs Telefon das Rascheln von Papier zu hören. »Nun, was sagst du?«

Biegel schwieg.

»Ich will deine Zustimmung auch nicht umsonst. Fünf Prozent aus dem Werbeetat für den Vagabund gehen auf dein Konto.« Er sprach das Wort wie eine Geheimlosung aus.

»Es ist nicht das Geld, Heinz«, wehrte Biegel ab.

»Auf dein Privatkonto«, betonte Kaupp, und es klang nun wie die Pointe eines uralten Witzes unter Freunden, über den man einfach lachen mußte.

Biegel fischte eine Zigarette aus der Packung, drückte

den Anzünder ein, steckte sich die Zigarette in den Mund, kaute auf dem Filter herum, schwieg.

»Bist du noch dran? Was ist, alter Kumpel, einverstanden?«

»Na ja«, sagte Biegel zögernd. »Aber auf alle Fälle müssen wir noch persönlich darüber sprechen.«

Nachdem Kaupp eingehängt hatte, öffnete Biegel das Schiebedach, paffte und blies den Qualm gegen den Himmel, der ohne Sterne war.

Er schnippte die Kippe nach draußen.

Als er sich zum Armaturenbrett beugte, sah er die zwei Gestalten. Sie überquerten die Kreuzung, traten in den Halbschatten der Waschanlage. Im Schlendergang, aber dennoch zielstrebig näherten sie sich dem Porsche. Beide trugen Bomberjacken und Röhrenjeans, einer hatte Nagelschuhe an, die auf dem Asphalt knirschten. Es waren die beiden Figuren, die Biegel im *Schalom* angepöbelt hatten, der Bullige und der Schlaks.

Biegel startete den Motor.

15.

In Istanbul habe ich die ersten zweieinhalbtausend Kilometer hinter mir, Europas große Todesstraße durch Jugoslawien und Bulgarien, mit den blumengeschmückten Unfallstellen am Straßenrand und den rostenden Autowracks in den Schluchten. Zum Glück war noch nicht die Zeit der Werksferien, in der überladene Türkenkombis die Grenzübergänge verstopfen und die Strecke noch gefährlicher machen.

Zur Stadtmitte von Istanbul nahm ich ein Gemeinschaftstaxi; Dolmus heißen die Dinger. Daß der Fahrer, nachdem ich eingestiegen war, nicht wie üblich das Ziel ausrief, um weitere Fahrgäste anzulocken, hätte mich stutzig machen sollen. Aber vielleicht war ich zu müde.

Wie dem auch sei, prompt verlangte der Kutscher von mir am Fahrtziel den vollen Taxitarif. Mit Einheimischen hätte er sich das nicht erlaubt. Wie mich das ankotzt, daß man überall ausgenommen wird, nur weil man Mitteleuropäer ist. Ein kleiner Vorgeschmack, aber es sollte noch schlimmer kommen.

Ein dunkelblondes Mädchen, das schon vor mir in dem Kleinbus gesessen hatte, war genauso angeschmiert wie ich. Sie schimpfte wie ein Rohrspatz; so kamen wir ins Gespräch, und es stellte sich heraus, daß sie aus Frederikshavn in Norddänemark war, das ich ganz gut kenne.

Ich schildere das so ausführlich, um meine Handlungsweise, ach was, meine Blödheit zu erklären. Denn während des Gesprächs mit der Dänin erinnerte ich mich an Ihren Wunsch, Herr Kaupp, außer den Polaroids gelegentlich auch ein Dia von der Traveller-Szene zu schießen, so mit typischem Hintergrund. Also, zuerst eine Aufnahme von ihr: sie mit Rucksack, im Hintergrund die Blaue Moschee. Dann gab ich ihr die Kamera, erklärte ihr, worauf es ankäme.

Sie legte auch gleich los, ging in die Hocke wie die Fotoprofis, verstellte die Belichtung, mal drunter, mal drüber, paßte ab, daß ein paar schlechtrasierte Typen mit Schnauzbart und Schiebermütze mit aufs Bild kamen. Klick, klick, klick. Und auf einmal, Sie können sich's inzwischen wohl schon denken, legte die kleine Ratte einen Start hin und war in der Menschenmenge verschwunden. Mit meiner Minolta! Und ich hatte den Scheiß-Rucksack auf dem Rücken, der mich noch beim Nachlaufen behinderte. Mist, verdammter! In dem Gepäck der Diebin war natürlich nichts drin, außer einer muffigen Decke, einem zerfledderten Meditationsbuch und sonstigem Müll.

Da stand ich nun im Schatten der Blauen Moschee…

Kaupp war hinter seinem Schreibtisch hervorgekommen und hatte das Kassettengerät angehalten, das zwischen Biegel und Wadura auf dem Besuchertisch stand. Er sah seinen Freund an: »Was ist?«

Biegel rieb sich das Kinn. »Wieso Kamera, wieso Dias schießen? Verstehe ich nicht ganz. Ich dachte, die Jungs sollten zur Dokumentation lediglich hin und wieder ein Polaroid machen.«

»Schon«, sagte Kaupp und wechselte einen raschen Blick mit seinem Werbeleiter. »Es ist nur so: Herr Wadura hat gerade einen Prospekt in Arbeit, Spezialausrüstung für Globetrotter. Weißt du, Biegel, von Schlafsäkken über Leichgewichtzelte bis zu Wasserfiltern. Was da mal mit Individualisten angefangen hat, ist mittlerweile ja zu einem Riesenmarkt geworden, den wir selbstverständlich nicht außer acht lassen dürfen. Deshalb schaffen wir innerhalb unserer Zubehörabteilung ein Sonderprogramm.«

Wadura rutschte unruhig auf seinem Stuhl. »Kundenbindung, darum geht's doch. Wenn die Kids ihre ersten Reiseerfahrungen mit der Schlafrolle gemacht haben, wollen sie irgendwann bequem reisen und steigen auf einen Wohnwagen um, und dann muß ihnen der Name Kaupp-Caravans durch unser Globetrotter-Programm schon bekannt sein.«

»Verstehe, die Tramper kriegen Rheuma, und Kaupp-Caravans kriegt neue Kunden.« Biegel lächelte schief. »Und die Dias, die Achim machen sollte, waren für den Tramperprospekt vorgesehen.«

»Richtig«, stimmte Kaupp erleichtert zu. »Zwar ist der Diafilm ja nun weg, aber Herr Wadura ist auf eine neue Lösung gekommen. Schau mal, diese Aufnahme hier hat Achim wohl mit Selbstauslöser gemacht.«

Er schob Biegel zwei Polaroid-Fotos zu. Eins zeigte Achim in seiner Kordsamtkluft, die Daumen in die Samtweste mit den großen Knöpfen in Doppelreihe gehakt, das Bündel über der Schulter. Im Hintergrund war das Riesenrad des Praters zu sehen. Auf dem zweiten Foto hatte Achim von der Kluft nur noch die Kordhose mit dem weiten Schlag an. Er posierte vor der Atatürkbrükke, mit Blick in die Ferne, das Gepäck an der Seite, den Daumen in Trampergeste erhoben.

»Was meinst du, Biegel? Wadura will es sogar als Titelfoto nehmen.«

Biegel nahm das Foto, hielt es auf Armlänge, verzog das Gesicht und legte die Aufnahme schweigend wieder auf den Tisch.

»Ich bin der Meinung«, begann Wadura unentschlossen, fuhr dann aber zügig fort, »daß die mangelnde Qualität nicht schadet. Ich meine, daß es sogar die Spontaneität erhöht und deshalb zum Charakter des Tramperprospekts passen würde.«

»Im Prinzip ist das richtig«, sagte Biegel gedehnt, beinahe träge. Er pickte eine Fluse von seinem Seidenjakkett. »Nur würde man dann, um diese Wirkung zu erzielen, im allgemeinen ein technisch brillantes Foto als Vorlage nehmen und dem Bild anschließend den typischen Polaroid-Rahmen verpassen. Dann hätte man für die Reproduktion beides, Qualität und Spontaneität.«

Biegel machte ein Gesicht, als hätte man ihn gezwungen, einem Blinden die Farbtheorie zu erklären. Waduras Backenmuskeln mahlten, er schwieg.

»Das geht mir ein bißchen zu sehr ins Fachliche«, sagte Kaupp. »Können wir die Kassette weiterhören?«

Mit finsterem Blick spulte Wadura das Band ein paar Zentimeter zurück und drückte die Starttaste. Achims Stimme erklang, hart und eher zynisch als kühl. Schon nach den ersten Sätzen hatte er eine recht routinierte Sprechweise an den Tag gelegt.

... Gepäck der Diebin war natürlich nichts drin, außer

einer muffigen Decke, einem zerfledderten Meditationsbuch und sonstigem Müll.

Da stand ich nun im Schatten der Blauen Moschee und hatte meinen ersten Dämpfer gekriegt. Auf wessen Kosten geht nun das Erlebnis? Tausend Mark hat die Kamera plus 130er Tele gekostet.

Montag, 21. Mai. Es ist 21 Uhr dreißig. Ich habe mir ein Hotelzimmer genommen, ein billiges, gleich neben dem Lâle-Restaurant, besser bekannt unter dem Namen ›Pudding Shop‹. Es ist stickig heiß im Zimmer, wenn ich das Fenster öffne, kommt der Krach herein. Ich sollte mich in den Park beim Topkapi setzen, wo es bei fliegenden Händlern die beste Baklava, eine türkische Nußpastete, gibt. Mann!

Bei den Fischbratern unten an der Galatabrücke eine Portion knuspriger Sardinen zu verdrücken, wäre auch nicht schlecht. Aber ich traue mich nicht, mit der Polaroid-Kamera und dem Aufnahmegerät durch die nächtlichen Straßen zu wandern. Die Stadt wimmelt von Schlitzohren, die noch in jedem Tramper einen Millionär sehen. Im Hotel wiederum will ich meine Klamotten auch nicht unbeaufsichtigt lassen. Die Türschlösser geben schon einem scharfen Blick nach – wenn nicht sowieso schon Nachschlüssel existieren. Mann, solche Probleme sind neu für mich, bisher hatte ich mich ja nie mit Kram belastet. Was wertvoll war, Geld und Reisepaß, trug ich auf der Haut, fertig. Aber nun, mit diesem Bandgerät!

Ich stelle mich jetzt ans Fenster, halte auch mal das Mikro raus. Hören Sie? Gleich geht bei der Blauen Moschee die Licht- und Tonschau los. Absolut eklig, wie mit diesem technischen Zuckerguß alle weltbekannten Monumente verkitscht werden.

Vom ›Pudding Shop‹, dem berühmten Treffpunkt der Typen, die auf dem Weg nach Indien waren, ist in Wirklichkeit nur der Name geblieben. Die Freaks, die hier einst verkehrten, sind zurück in die Büros und an die

Werkbänke. An dem Pinnbrett, wo früher internationale Taschenbücher aus zweiter Hand gesucht wurden – Hermann Hesse auf englisch war der Renner –, werden heute gefälschte Lacoste-Hemden im Zehnerpack, Cartier-Uhren aus Taiwan und Raubkopien von Chris de Burgh und Bruce Springsteen angeboten. Die Nachfahren der Hippies stülpen sich im Überlandbus halt lieber den Walkman über die Ohren, statt ›Das Glasperlenspiel‹ zu lesen.

Ein geschäftiges Gewusel herrscht in dem Laden, und teuer ist das Essen auch. Aber immer noch, trotz aller Veränderungen, kann man im ›Pudding Shop‹ einen Reisegefährten finden, unwichtiges Reisegepäck verhökern und Informationen aufschnappen. Auch die Adresse, wo man sich einen internationalen Studentenausweis besorgen kann, habe ich hier erfahren. Nur fünf Minuten zu Fuß entfernt liegt in der Yerebatan Cadedesi das Reisebüro Cençtur. Normalerweise braucht man den Ausweis einer Uni, bei mir genügte eine Volkshochschulkarte, um den ISCI zu kriegen. Entweder waren die dort zu doof, um den Unterschied zu begreifen, oder es war denen wurscht. Mit dem ISCI erhält man 10% Ermäßigung auf Inlandflügen und Fahrten mit der Eisenbahn. Auf diese Weise wird meine Weiterreise mit der Bahn gegenüber einer Busfahrt um rund die Hälfte billiger. Das sind doch Informationen, Herr Kaupp, oder? Den Differenzbetrag können Sie mir ja gutschreiben.

»Ganz schön geschäftstüchtig, der Bursche«, bemerkte Kaupp, während das Band weiterlief.

»Ist schließlich dein Mann, Heinz«, grinste Biegel.

Die Bahnfahrt bis Erzurum in der Osttürkei wird einen Tag und zwei Nächte dauern. Man hat mich vor Dieben gewarnt, die schlafenden Fahrgästen mit einer Rasierklinge die Taschen aufschlitzen und Paß und Geld klauen. Aber im eigenen Fahrzeug sind die Reisenden auch nicht sicherer. Ein Österreicher hatte seinen VW-Bus bei der Blauen Moschee geparkt, und als er am Morgen aufwachte, waren die Räder weg, und der Wagen stand auf vier Hohlblocksteinen.

»Na, wenigstens das kann ihm nicht passieren«, spöttelte Biegel.

Von der Tür kam ein zaghaftes Klopfen, wie das Scharren eines Hundes. Das Lehrmädchen aus dem Vorzimmer steckte zunächst ihren Kopf in den Türspalt, dann ein Tablett mit Kaffeetassen und Gläsern. Sie stellte das Geschirr auf dem Besuchertisch ab und huschte hinaus.

Die Männer rührten in den Tassen, hörten zu.

Eine Unmenge von Schauergeschichten und Gerüchten ist in Umlauf, die Tramper sprechen kaum von was anderem. Sex ist bei denen kein Thema. Die Gespräche drehen sich darum, wo's billig was zu fressen gibt oder wovor man auf der Hut sein muß. Im Iran soll man Mädchen in Jeans gezwungen haben, Röcke anzuziehen; Westler, die T-Shirts mit dem Aufdruck einer amerikanischen Uni trugen, hat man mit Steinen beworfen. In einem Land ist langes Haar verboten, im nächsten wieder Pflicht; das wird ja immer bescheuerter.

Zur Atmosphäre in der Türkei muß ich noch was sagen. Ich habe den Eindruck, daß die für unverwüstlich geltende Freundschaft der Türken zu den Deutschen einen deutlichen Knacks gekriegt hat und gelegentlich gar in Wut umschlägt. Die mehr oder weniger erzwungene Rückwanderung vieler türkischer Gastarbeiter hat…

»Stopp!« rief Kaupp seinem Werbeleiter zu, der wie ein Schießhund am Kassettengerät lauerte. »Den letzten Abschnitt auf jeden Fall weg! Keine Politik! Auch die Bemerkung über die Todesstraße sowie die Geschichte mit den abmontierten Rädern muß raus. Sonst trauen sich unsere Kunden mit dem Caravan nicht mehr über die Alpen. Ich denke, hinter der Stelle, wo Achim erzählte, daß man den Bahnreisenden das Geld mit Rasierklingen aus den Taschen schneidet, sollte die Musik einsetzen. Das ist spannend und suggeriert, daß das Reisen in Privatfahrzeugen sicher ist.«

Kaupp sah zu, wie Wadura Notizen machte. »Haben Sie's?«

»So weit alles klar. An welche Musik haben Sie denn gedacht? Folklore oder ein paar dramatische Takte wie ›Also sprach Zarathustra‹ oder…?«

»Das sind doch Detailfragen. Suchen Sie was aus, und spielen Sie es mir vor!«

»Und den Aufsager?«

»Auch!« sagte Kaupp unwirsch. Lächelnd wandte er sich an seinen Freund: »He, Biegel, du guckst so nachdenklich, was meinst du als Fachmann dazu? Ist doch ganz brauchbar, oder?«

»Brauchbar schon. Aber so richtig angefreundet habe ich mich mit dem Gedanken an die Werbespots noch nicht.«

»Darüber sprechen wir noch ausführlich.« Kaupp zwinkerte seinem Freund zu. »Komm, laß uns jetzt doch mal deinen Mann anhören!«

Biegel reichte Wadura die Kassette. »Von dieser Stelle an, nicht zurückspulen.« Zu Kaupp sagte er: »Es wäre nicht fair. Der Anfang ist nicht gut, da merkt man, daß es ihm schwerfällt, ins Mikrofon zu sprechen. Auch die Lautstärke hat er noch nicht richtig im Griff.«

Wadura wechselte die Kassetten, drückte die Starttaste.

Ein paar Sekunden hörten die Männer nur Motorbrummen. Dann kam Les' Stimme hinzu. Er sprach freudig erregt, etwas abgehakt, in sehr jungenhafter Ausdrucksweise.

Ich sitze in einem Lastwagen. Der Fahrer konzentriert sich auf die Strecke. Vor lauter Konzentration merkt er nicht, daß ihm die Zigarettenkippe aus gelbem Maispapier die Schnurrbarthaare versenkt. Wir befinden uns auf der Landstraße zwischen Narbonne und Perpignan. Es gibt eine Menge Schlaglöcher, und bei jeder Unebenheit fängt es hinter uns an zu quieken. Wir sind nämlich mit einer Ladung Schweine unterwegs.

Vom Golf du Lion weht eine frische Brise herüber. Das mildert den Schweinegeruch, der aber auch nicht so schlecht ist, besser jedenfalls als die Autoabgase. Rechts erstrecken sich Weinberge. Das Laub ist saftig grün. Links tauchen immer wieder Brachfelder auf, mit Lavendel und Ginster und buntgemischten Wildblumen. Eigentlich ist das jetzt die schönste Zeit, später hat die Sonne alles verbrannt.

Wenn die Straße, wie jetzt gerade, einen Bogen macht, kann ich an der Schulter des Fahrers vorbei das Mittelmeer sehen. Blau, tintenblau bis zum Horizont, mit Wattewolken darüber und Möwen, die sich vom Wind tragen lassen. Was für ein gutes Gefühl, wieder unterwegs zu sein!

»Daraus ließe sich doch was machen«, sagte Kaupp.

Biegel nickte zufrieden. »Da kommt aber gleich eine Stelle, die ich noch lustiger finde.« Er gab Wadura ein Zeichen, das Band vorzuspulen.

...große, abgeteilte Wasserflächen für die Austern- oder Muschelzucht, ich weiß das nicht so genau. Ich könnte den Fahrer fragen, aber das würde aussehen, als ob ich für lau ein Essen haben möchte. Wein hat er mir schon angeboten, aus einer Zwei-Liter-Flasche, die nun zwischen uns am Schalthebel steht.

»Darf ich mal, Herr Wadura.« Biegel erhob sich aus dem

Sessel, beugte sich weit über den Tisch und bediente selbst das Kassettengerät.

...bin noch ganz außer Atem, und am linken Fuß habe ich eine Verrenkung. An einer Ampel in Perpignan bin ich aus dem Lkw gesprungen. Oder was würden Sie machen, wenn Ihnen ein Brummifahrer an die Hose greift? Kurz vor der Stadtgrenze hatte sich herausgestellt, daß der Fahrer das größte Ferkel auf dem Lastwagen war.

Kaupp und Biegel lachten herzhaft, sogar Wadura konnte sich ein Grinsen nicht verkneifen. Das Band lief weiter.

Ist Einstellungssache, ich weiß, und eigentlich war's meine Schuld. Ich hätte den Mann nicht fragen sollen, ob wir am Strand von Port-Vendres eine Pause machen könnten.

Biegel drückte die Unterbrechertaste. »Witzig, oder?« fragte er stolz wie ein Vater.

»Doch ja, ganz nett« gab Kaupp zu. »Aber abenteuerlich ist das wohl kaum.«

Biegel griff den frotzelnden Ton auf. »Und dein Mann schildert Gefahren, von denen er nur gehört hat.«

»Ich sehe schon, wir werden wohl einen Schiedsrichter brauchen, um herauszufinden, wer den besseren Reisekandidaten hat.«

»Nicht schlecht, aber wen?«

Kaupp ließ die Rolltür an seinem Schreibtisch herunterrasseln und brachte eine Flasche ans Licht. »Einen Kurzen zur Feier des Tages?« Er füllte schon drei Gläser.

Biegel nickte und löste die Unterbrechertaste.

Ein Mißverständnis. Nicht tragisch, nur schade. Denn

wenn mein Knöchel nicht geschwollen wäre, könnte ich mir schön die historischen Gebäude in der Altstadt von Perpignan ansehen. Also setze ich mich an den Straßenrand und warte.

Fast alle Fahrzeuge haben die 66 im Kennzeichen, die Nummer aus diesem Bezirk, viele Laster darunter. Aber von Fernfahrern, ob mit oder ohne Schweineladung, habe ich erst mal die Nase voll. Ich habe ja Zeit. Ich bin gut vorangekommen.

Hinter Lyon, ich glaube, das habe ich noch nicht berichtet, hörte der Regen auf. Bis Narbonne ist es dann zügig weitergegangen. Meine gute alte Lederhose hat mir dabei geholfen; die gab den Autofahrern das Gefühl, einen kernigen Tramper vor sich zu haben. Nirgendwo brauchte ich lange zu warten. Bayrische Urlauber haben sich förmlich um mich gerissen. So, Moment mal!

Da vorne kommt ein Wagen. Er fährt langsamer, er setzt den Blinker. Ich erkenne ein deutsches Kennzeichen. Der Fahrer winkt mir zu. Es geht weiter.

Eine halbe Minute lang waren auf dem Band nur Geräusche zu hören: Wellen, Wind und fernes Rufen. Dann sprach Les wieder.

In Port-Vendres gehe ich sofort zum Strand. Ich laufe ins Wasser, spritze, tauche mit dem Kopf unter, möchte am liebsten in die Wellen beißen. Ein Bad im Mittelmeer – und mich erfaßt ein Wahnsinnsvertrauen in die Zukunft. Klingt bombastisch, egal! Mein Knöchel ist wieder in Ordnung. Ich habe Weißbrot und Obst gegessen. Das deutsche Ehepaar, das mich am Stadtrand von Perpignan aufgelesen hat, will mich bis Malaga mitnehmen. Von dort aus nehme ich ein Schiff nach Tanger. Aus Marokko melde ich mich dann mit meinem zweiten Wochenbericht.

Biegel drückte die Stopptaste. »Es folgen nur noch Grüße. Ja, das wär's.«

Nachdem Kaupp noch einmal die Gläser gefüllt und die drei Männer sich zugenickt hatten; nachdem Kaupp und Biegel sich noch eine Weile über die Fähigkeiten ihrer Reisevertreter freundschaftlich gekabbelt hatten, sagte Wadura: »Entschuldigen Sie, wenn ich mich einmische. Aber man könnte doch ganz demokratisch vorgehen. Lassen Sie die Rundfunkhörer entscheiden, wer der bessere der beiden ist, Les oder Achim.«

»Wie bitte?« fragte Biegel höflich, aber mit eisigem Gesicht und beugte sich weit vor. »Was zum Teufel hat mein, hat unser Spiel in der Öffentlichkeit zu suchen?«

Kaupp drückte Biegel sanft in den Sessel zurück. »Laß ihn doch mal seinen Vorschlag entwickeln.«

Waduras Vorschlag kam glatt, mühelos und sehr selbstbewußt. »Zum Mitmachen ließen sich die Hörer leicht animieren. Wir brauchten nur zu versprechen, daß unter den Einsendern etwas verlost wird, ein Caravan beispielsweise. Oder wir stellen in Aussicht, daß unter den Einsendern ein Team ausgewählt wird, das an der nächsten Wettreise teilnimmt. Alles, was nach Abenteuern riecht, kommt doch heute an – besonders bei denen, die den Hintern nur dann von der Couch heben, um sich ein Bier zu holen.«

Sein Blick wechselte zwischen den beiden Freunden. »Auf diese Weise würden wir sogar zwei Fliegen mit einer Klappe schlagen: Erstens erfahren wir, wer im Rennen vorne liegt, und zweitens erfahren wir, wie die Vagabund-Werbung ankommt.«

»Sieh mal einer an, was unser Herr Wadura für Ideen aus dem Ärmel zieht«, polterte Kaupp gutmütig. Seine Fettpolster unter den Augen bebten vor Vergnügen. »Sieh an, sieh an!«

16.

Ria!

Biegel wachte auf und hatte den Namen im Kopf. Am Abend zuvor hatte er sich den zweiten Tonbandbericht ihres Bruders angehört, vor dem Einschlafen, wahrscheinlich war das der Grund.

Auf dem Weg zur Arbeit ließ er noch einmal das Band ablaufen. Les hatte in Agadir auf einer Jacht angeheuert, Hand für Koje, wie er es in der Sprache der Segeltramps ausdrückte. Seine Stimme klang längst nicht mehr so zappelig wie auf der ersten Kassette. Auch die Technik hatte er nun gut im Griff, die Außengeräusche stimmten. Biegel hörte Wellen heranrollen und sich brechen. Segel knatterten, Planken ächzten, Wind heulte in den Wanten, und eine Stimme rief Kommandos für ein Wendemanöver.

Mit den Ohren war Biegel auf einer Jacht im Atlantik, während er seinen Porsche durch die Düsseldorfer Innenstadt lenkte. Absurd! Die Klötze aus Glas, Stahl und Beton kamen ihm heute geradezu unmenschlich vor. Wie aber hatte er diese Architektur in einer Schmeichelschrift für das Presseamt der Landeshauptstadt genannt? Konsequent, zeitlos, modern! Und hatte er bei dem Zwillingsbau der Mannesmann-Verwaltung nicht gar von göttlicher Geometrie gesprochen, als handelte es sich um eine ägyptische Doppelpyramide? Ja, er hatte! Und was waren es wirklich? Zwei glitzernde Toastscheiben, mehr nicht. Düsseldorf, dieses Fettauge am Niederrhein!

Eine Ampel sprang um. Biegel bremste, fuhr im Schritt, drehte auf, genau bis zur nächsten Ampel. Aus dem Auspuff des Vordermannes kringelten sich Abgaswölkchen. Biegel schloß das Seitenfenster und stellte die Kassette leiser.

»Der Junge hat's gut«, sagte er sanft, aber mit Überzeugung. Daß allein die Lautsprecheranlage, aus der Les' Stimme kam, soviel wie eine Kreuzfahrt gekostet hatte, besagte ja nichts.

Biegel schraubte den Porsche die Auffahrt zum Parkhaus hoch, parkte in der reservierten Nische, stieg aus. Die Kassette steckte er in seinen Aktenkoffer.

Rechts grüßend, links eine Hand schüttelnd betrat er die Agentur.

Die Rehfinger rief ihm nach: »Herr Gärtner wartet schon. Ich habe ihn gestern abend noch zu Hause erreicht.«

Ärger oder Langeweile – eine andere Wahl gab es wohl nicht. »Kann sofort reinkommen«, rief Biegel und ließ die Verbindungstür gleich offen.

Der Tag fing an.

»Bueno, was ist denn los?« fragte Gärtner in der Tür. Er war der einzige in der Agentur, der sich diesen saloppen Ton herausnehmen konnte, aus zwei Gründen: Er war ein sehr guter Fotograf, und er arbeitete bei Biegel & Partner nur als freier Mitarbeiter, deswegen vor allem.

»Was los ist? Gar nichts, das heißt, wenn wir nicht aufpassen, sind wir den Chemie-Auftrag los. Dem Kunden gefallen die Aufnahmen nicht.« Biegel langte nach einem Papierbogen mit Notizen. »Also, das Thema sei nicht richtig herausgearbeitet, die Aufnahmen in der Folge nicht stringent und zudem irgendwie im Stil der Siebziger.«

»Stringent, siebziger Jahre?« Gärtner legte den Kopf schief. »Was soll das denn heißen?«

»Das ist Humbug. Aber im Klartext heißt es, daß der Kunde nicht zufrieden ist. Und wenn der Kunde nicht zufrieden ist, bin ich es auch nicht, Herr Gärtner.«

»Sie haben doch selbst die Aufnahmen ausgesucht.«

»Aber Sie haben sie gemacht.«

»Die Fotos sind perfekt.«

»Vielleicht zu perfekt. Da fehlt was – das Leben.« Biegel betrachtete seine polierten Fingernägel. »Wissen Sie, Herr Gärtner, daß die Leute heutzutage auf dem Markt schon Birnen mit leichten Macken aussuchen? Jetzt, nachdem es den Bauern endlich gelungen ist, die perfekten Birnen zu züchten! Nicht viele Leute, aber einige, und es werden mehr. Das aber ist der entscheidende Punkt. Wir verkaufen Trends, oder aber wir verkaufen gar nichts.«

Biegel machte eine Pause, fixierte Gärtner. »Neue Aufnahmen«, sagte er knapp.

»Auf wessen Kosten geht das?«

»Auf wessen wohl?« fragte Biegel kühl.

»Das kostet mich den Flug und Material plus zweitausend Eier Tagessatz.«

»Mich kostet es eventuell den guten Ruf, und der Agentur gehen womöglich einige Arbeitsplätze flöten. Wollen Sie nun ein Ausfallhonorar, oder wollen Sie den Job nachbessern? Entscheiden Sie sich!«

»Ich mach's.« Gärtner knirschte hörbar mit den Zähnen.

Nachdem der Fotograf gegangen war, sackten Biegels Schultern. Mit entspannter Miene betrachtete er die Polaroids, die Les der Kassette beigelegt hatte: Les vor einem Ortsschild mit arabischen Schriftzeichen, Les über den Rand einer spanischen Zeitung grinsend. Auf der Rückseite des Fotos stand: FÜR MEINE SCHWESTER RIA.

Bis zum Nachmittag rief Biegel noch einige langjährige Kunden an; Leute, die etwas mit Fertighäusern, Likören und Versicherungen zu tun hatten. Er sprach mit ihnen über gemeinsame Bekannte und Hobbys und regte an, daß man sich mal wieder zu einem Essen treffen sollte. Das Wort Werbung nahm er nicht in den Mund. Der Likörfabrikant erwähnte die Bilderausstellung eines Künstlers, der gefördert werde von der Frau des Seifenherstellers, mit dem er just ins Geschäft gekommen sei.

Biegel notierte sich das Datum der Vernissage.

Um sechs, früher als üblich, verließ er die Agentur. Auf direktem Wege fuhr er zum *Schalom*.

Ria war nicht in dem Schankraum, sie war auch nicht in dem Billardraum. Am Ausgang drehte sich Biegel auf dem Absatz um, ging zurück zu dem Anschlagbrett.

Die Kleist-Bände warteten immer noch auf einen Liebhaber, auch das holländische Fahrrad und das Bio-Gemüse wurden nach wie vor angeboten. Aber Rias Zettel war weg.

»Na, dann eben nicht«, schniefte Biegel.

17.

Santanas Gitarre wimmerte sich zu einem sehnsuchtsvollen Höhepunkt. Auf dem höchsten Ton drückte Wadura die Pausentaste. Er schnappte sich das Mikrofon in der Manier betagter Rocksänger, schlenkerte das Kabel, als hätte er die Bühne der Philipshalle zur Verfügung, und sprach:

»Die Welt ist ihr Zuhause. Fremde Gesichter. Geheimnisvolle Märkte. Ein Hauch von Abenteuer. Mit einem Vagabund von Kaupp-Caravans öffnen sich die Grenzen. Ja, Vagabund 320, der preiswerte Wohnwagen für eine neue Generation von Reiselustigen.«

Er schaltete das Mikrofon aus. Dann gab er Bella ein Zeichen, daß sie sich wieder bewegen durfte. »Super, was?« fragte er.

Bella schüttelte abwägend den Kopf. Ihre Ohrringe, knallbunt und von der Größe einer Papageienschaukel, klirrten.

»Ich find's ein bißchen überzogen, Uli, irgendwie großkotzig.«

»Ich bin ja kein professioneller Sprecher«, räumte Wadura ein. »Das machen die im Sender besser. Und sonst? Ich meine, vom Text her.«

»Nicht schlecht.« Sie spitzte den Mund. »Aber von wegen ›Grenzen öffnen sich‹, nee du, ich weiß nicht. Wenn man die Tagesschau sieht, hat man eher das Gefühl, die Grenzen schließen sich. Iran, Afghanistan, auch in Afrika – eigentlich überall. Und mit einem Wohnwagen ist es doch noch schwieriger.«

»Bella, es geht doch nicht um pure Information.« Wadura sprach mehr zu sich selber als zu seiner Mitarbeiterin. Schließlich diente dieses Gespräch ja nur dazu, daß er sich auf Kaupps Einwände einstellen konnte. Ansonsten interessierte ihn Bellas Meinung so stark wie ihr albernes Ohrgehänge.

Er zog das Mikrofon aus der Buchse und drückte die Taste, um seinen Aufsager auf das Band mit den zusammengeschnittenen Reiseberichten zu kopieren. »Hör zu, Bella«, sagte er über die Schulter, »es geht doch, Sack und Asche, nur darum, eine Stimmung zu erzeugen. Die Hörer schnallen schon, wie's gemeint ist. Das hier ist Werbung.«

»Aber warum dann nicht gleich was Ausgedachtes?«

Wadura schloß die Augen, atmete tief durch. »Das ist doch gerade der Gag. Diese Wettreise i s t echt, diese Spots s i n d echt – nicht nur auf echt gemacht wie die Interviews vor dem Regal mit den Waschpulvern. Wir können, falls ein mißgünstiger Konkurrent die Gewerbeaufsicht bemüht, b e w e i s e n , daß es echt ist.«

»Dann würde ich das aber auch besonders herausstreichen in dem Text«, sagte sie und machte ein pikiertes Gesicht.

Wadura stöpselte noch einmal das Mikro ein.

18.

Kaupp stellte sich ans Fenster. Auf dem Abstellplatz vor der Werkshalle standen die Caravans, dicht gedrängt wie eine Elefantenherde, mit höchstens einer Handbreit Zwischenraum. Die grünen Rücken der Vagabund-Modelle waren gegenüber den weißen Wohnwagen in der Überzahl; und jeden Tag kamen weitere hinzu. Die Produktion lief auf vollen Touren, verkauft wurden nur wenige. Bald würde der Abstellplatz nicht mehr reichen.

»Wo bleibt der Wadura?« rief Kaupp durch die offene Verbindungstür ins Vorzimmer.

»Wir suchen ihn«, kam die Antwort.

Mit sorgenvoller Miene schritt Kaupp durch sein Büro. Am zweiten Fenster, das zum Firmenparkplatz ging, blieb er stehen und blickte hinaus.

Kunden waren dabei, ihren neuen Wohnwagen abzuholen, einen Nomad 500, keinen Vagabund. Der Mann saß am Steuer, die Frau beobachtete am Heck des Reiseanhängers die Lichtfunktionen: Blinker rechts, Blinker links, Bremse – sie nickte, durfte einsteigen. Das Gespann rollte vom Firmenhof.

Ein betagtes Ford-Coupé röhrte heran. Der Fahrer fuhr einen rasanten Schlenker. Die Reifen quietschten, die Karosserie sackte weit über die Weißwandreifen. Wadura stieg aus. Lässig klappte er mit dem Stiefelabsatz den Wagenschlag zu.

Zwei Minuten später kam er mit flatterndem Mantel in Kaupps Büro gerauscht, ein tragbares Radio unter dem Arm.

»'tschuldigung«, sagte er atemlos.

»Wann kommt die Reklame?«

»Jetzt gleich, Herr Kaupp.« Er stellte das Gerät ab, steckte den Netzstecker in die Dose. Während er an den Knöpfen hantierte, sagte er: »Fast hätte ich mich verspätet, wegen einer unsinnigen Polizeikontrolle. Ist doch so: Steuerflüchtlinge im Nadelstreifen kriegen von den Bullen Ehrengeleit. ›Bitte hier geht's zur Schweiz, oder nehmen der Herr die übernächste Ausfahrt nach Liechtenstein‹, ha! Und einer wie ich, 'ne Ecke schräger gekleidet, kein Biederauto, wird auf dem Weg zur Arbeit aufgehalten. Anzeige, nur weil der Auspuff ein paar Phon lauter als normal ist. Fehlt nur noch, daß sie dir eine Maschinenpistole in den Rücken drücken und du die Hände aufs Wagendach legen mußt.«

»Was reden Sie denn da?«

»Ah, hier ist der Sender.«

Aus dem Lautsprecher kam die Stimme eines überdrehten Moderators: »Und an der Spitze unserer heutigen Hitliste steht, dipdipdideldum, die superheißeste, brandaktuelle Topscheibe des schwarzen Engels der Popmusik: Mr! Michael! Jackson!«

»Das hält der Typ anderthalb Stunden durch«, kommentierte Wadura.

Kaupp kratzte sich den Nacken.

»Ist Schwachsinn, aber es kommt an. Und es ist beste Sendezeit.« Wadura blickte auf seine Micky-Maus-Uhr.

Der Titel »Baby soundso« wurde ausgesteuert. Eine Gitarre ertönte, brachte ein paar Takte Fernweh. Dann, untermalt von Straßenlärm und fremdländischem Brabbeln, das der Sender eingemischt hatte, kam Achim Drostes Stimme:

Da Afghanistan für Reisende geschlossen ist, nahm ich von Teheran die Südroute in Richtung Pakistan. Gnadenlose Hitze. Staub. Und immer wieder wurden wir von Soldaten der iranischen Armee angehalten, durchsucht, ausgefragt. In den Banken kann man Reiseschecks nur mit Mühe einlösen. Also wechselte ich auf dem Schwarzmarkt. Das ist verboten, aber lohnend. Ich zählte gerade die Rial-Scheine, da schrie der Geldwechsler: »Polizei, Polizei« und rannte los. Ein alter Trick. Der Bursche hat-

te mir zu wenig gegeben. Aber ich erwischte ihn noch, bevor er in der Menschenmenge untertauchen konnte. Ich mußte ein wenig nachhelfen, doch das restliche Wechselgeld habe ich gekriegt.

Wieder ein paar Takte Gitarrenmusik, dann verkündete der Moderator, diesmal aber nicht überdreht, sondern mit einer Stimme, als wäre er geradewegs von den Blauen Bergen gestiegen:

»Das war ein authentischer Reisebericht von unserem Globetrotter Achim Droste. Ja, Reisen und Abenteuer in fremden Ländern. Mit einem Campmobil von Kaupp-Caravans öffnen sich die Grenzen. Vagabund, der preiswerte Caravan für eine neue Generation von Reiselustigen. Achtung!«

Der Sprecher zog ein weiteres Register, gab einen Schuß Polizeifunk hinzu – jetzt legte auch die letzte Hausfrau den Staubsauger aus der Hand – und fragte:

»Wem von unseren Weltenbummlern geben Sie die besseren Chancen, Achim oder Les? Schreiben Sie – und gewinnen Sie ein Vagabund-Campmobil von Kaupp-Caravans!«

»Wie gefällt Ihnen der geänderte Nachspann?« fragte Wadura, als die Schlagermusik wieder einsetzte.

»Hmm.«

»Authentischer Reisebericht, das ist das Wort! Und statt Wohnwagen habe ich Campmobil genommen, klingt nicht so nach Häkeldeckchen. Ich meine, für dieses Modell.«

»Hmm, ja, in Ordnung. Kommt der andere Text jetzt gleich nach der Musik?«

Wadura kaute auf seiner Unterlippe. »Kleine Panne. Les' Text haben sie schon vorher gefahren. Die Privaten sind noch nicht so eingefuchst. Aber die Spots laufen ja jetzt jeden Tag, bis die neuen Berichte kommen.«

»So, so.«

»War gar nicht so einfach, die Spots überhaupt unterzubringen. Normalerweise muß man die Sendezeit Monate vorher buchen. Aber ich habe meine Beziehungen spielen lassen. Ich kenne da jemanden, der früher auf Ibiza bei einem Touristensender mitgemischt hat.« Wadura kämmte sich mit den Fingern die Entenschwanzfrisur. »Was die Mehrarbeit betrifft, da dachte ich -«

Das Telefon schnarrte. Die Sekretärin meldete einen Anruf, stellte durch.

»Ah, Biegel, alter Junge«, rief Kaupp mit aufgesetzter Freundlichkeit. »Nein, den hab' ich leider verpaßt, aber Wadura hatte mir den Rohschnitt von Les vorgespielt. Doch ja, den fand ich recht gut.«

Sein Lächeln gefror. »Was ist denn? Du klingst so sauer. Was hat das mit ihm zu tun? Aber der hat doch nur seine Pflicht getan.«

Wadura hüstelte. Mit dem Radio in den Händen krebste er durch den Raum. Er legte den Ellbogen auf die Klinke, wollte sich durch die Tür schieben.

Doch Kaupps Blick hielt ihn zurück.

19.

Schritt für Schritt ging Wadura zurück. Er stellte das Radio wieder auf dem Besuchertisch ab und sah seinem Chef ins Gesicht, kühl wie aus Eis.

Kaupp sprach ins Telefon: »Ja, er steht neben mir. Moment, ich lasse ihn mal mithören.«

Er drückte einen Knopf. Das Gespräch lief nun über die Raumanlage. Biegels Stimme klang verärgert, regelrecht aufgebracht:

»Nein, Heinz, das haben wir nicht abgemacht. Was ich meine, ist, daß der Eindruck entsteht, als ob b e i d e mit einem Caravan unterwegs wären. Wenn du das mit

Achim machen willst, ist das deine Sache, aber bitte nicht mit meinem Kandidaten.«

»Was ist so schlimm daran?«

»Es verfälscht den Bericht. Nichts deutet darauf hin, daß Les trampt. Kein Wort über seinen Segeltörn von Agadir nach Dakar. Jeder muß annehmen, er sei mit einem Caravan durch Mauretanien gefahren, was gar nicht geht. Kein Wort davon, wie er versucht, mit lustigen Einfällen die Schwierigkeiten zu überwinden. Statt dessen die übliche Macho-Tour wie bei der Zigarettenwerbung.«

»Wadura war der Meinung, auf diese Weise käme dein Mann am besten raus.« Kaupp hob die Achseln, Wadura nickte lebhaft.

Biegel schnaufte. »Die Werbeaussage vielleicht.«

»Sag mal, Biegel, wieso nimmst du das überhaupt so wichtig?«

»Du bist gut! Weil die Sache so einen anderen Anstrich kriegt. Ich hatte sie als Spiel betrachtet – okay, mit einem gewissen kommerziellen Nutzen auch für mich –, aber jetzt entpuppen sich unsere Männer als reine Zugpferde für deine Vagabund-Modelle.«

Bei dem Satz mit dem »gewissen kommerziellen Nutzen« hatte Wadura die Ohren gespitzt, und ihm war auch nicht entgangen, daß sein Chef gezuckt hatte.

»Aber es ist doch noch immer dasselbe, von dir erfundene Spiel.«

»Na, ich weiß nicht. Auf dem ungekürzten Band – das fällt mir gerade wieder ein – spricht Achim von einem Presseausweis, den du ihm besorgt hast. Damit solle er in die Stammesgebiete am Khyber-Paß einreisen. Das ist gefährlich. Der Junge macht das, weil er auf Pluspunkte hofft, und du willst einen Sensationsbericht. Das ist – das ist ja fast schon Doping.«

Kaupp blickte an die Decke. »Die beiden sollen doch Abenteuer erleben. Hast du das vergessen?« Sein sorgloses Lachen war so echt wie das eines Politikers im Wahlkampf.

»Beim nächsten Schneiden der Bänder möchte ich aber dabeisein«, sagte Biegel entschieden und hängte ein.

Kaupps Gesicht hatte sich gerötet. Er machte einen angeschlagenen Eindruck. »Jetzt wissen Sie Bescheid, also«, sagte er dumpf.

»Da wäre noch...« begann Wadura.

»Ja?«

»Ich habe jetzt durch diese Aktion eine Menge Arbeit mehr. Wir wollten ja mal über meine Gehalt sprechen.«

Kaupp sprang auf. Es war, als hätte er auf ein Stichwort gewartet. Er ging zum Fenster, winkte über die Schulter. »Kommen Sie! Hier, hier!«

Widerwillig trat Wadura näher, bis in die Dunsthülle aus Old Spice und Zigarrenmief.

»Da! Schauen Sie sich den Abstellplatz an, bevor Sie über Gehaltsaufbesserungen reden! Was soll ich mit den grünen Kisten machen?«

Stell sie dir in den Vorgarten, du alter Bock, biete sie doch der Bundeswehr als Zielscheiben an! dachte Wadura. Mit ausdruckslosen Augen sagte er: »Herr Kaupp, mit der neuen jungen Werbung schlagen wir sie los. Die Rundfunkwerbung kombiniert mit Anzeigen in den Printmedien, das bringt's.«

»Wann? Dieser Spot heute war schon der dritte.«

»Sobald die Werbung greift.«

»Wann?« stieß Kaupp hervor. Sein Hals war dick und rot. »Wann?«

Wirb oder stirb – was für ein scharfer Spruch! dachte Wadura. »In zwei, spätestens drei Wochen«, sagte er mit Nachdruck.

20.

Heinz Kaupp saß auf der Couch. Er hatte den obersten Knopf am Hosenbund geöffnet und die Beine weit von sich gestreckt, in den Händen hielt er einen Becher Naturjoghurt mit Früchten. Hannelore blätterte in einem Katalog für Heimorgeln.

Es war Samstagnachmittag, das Radio spielte Schlagermusik, Bratenduft zog noch durchs Haus.

»Ein richtiges Klavier«, gab Hannelore zu bedenken, »ein Ibach oder Steinway, sähe doch schicker aus als diese japanischen Instrumente. Was meinst du, Heinz?«

Kaupp wedelte mit dem Löffel, gespannt ruckte sein Oberkörper nach vorn. Im Radio begann der Werbeblock.

In Dakar will jeder mit mir Geschäfte machen. Ob Kinder oder Erwachsene, alle lieben es, wenn man auf ihre Angebote eingeht, und sei es nur zum Schein. Sie erzählen mir, daß Weiße nie Zeit hätten und selten Witze machten. Also mache ich Witze, sage, daß ich tausend Trommeln suche und tausend Affen, die sie spielen. »Verrückt!« rufen sie, lachen und lassen mich in Ruhe.

Ich schwinge mich in den Zug nach Bamako, Mali. Im Waggon ist es eng wie in einem Fußballstadion. Säuglinge, lebende Hühner und jede Menge Hausrat. In einer Ecke des Wagens brodelt auf einem Petroleumkocher grüner Tee, in einer anderen Ecke wird Reis gekocht. Ich erreiche Bamako gerädert, aber unverletzt und guter Dinge.

Kaupp stieß seine Frau an, um ihre Aufmerksamkeit auf das Folgende zu lenken.

Das Durcheinander von Menschenstimmen und Tiergeräuschen wurde ausgeblendet, eine sonore Stimme sprach: »Ja, Reisen und Abenteuer. Das war der authentische Reisebericht unseres Globetrotters Les Winterscheid, diesmal aus Nordwestafrika. Doch bequemer als Les reisen Sie mit einem Campmobil. Mit dem neuen, preiswerten Vagabund 320 von Kaupp-Caravans öffnen sich die Grenzen...«

Kaupp schaltete das Radio aus und sah seine Frau erwartungsvoll an. »Na, Schatz, hast du was bemerkt?«

Als Hannelore unschlüssig lächelte, indem sie den ohnehin schmalen Mund zusammenzog, ahmte Kaupp die volltönende Stimme des Radiosprechers nach: »Doch bequemer als Les reisen Sie mit einem Campmobil. Mit dem neuen, preiswerten Vagabund...« Er prustete. »Tja, Freund Biegel wollte unbedingt, daß sein Mann als Alternativ-Reisender herausgestellt wird. Bitteschön! Da hat dann unser Wadura eben einen neuen, zu dem Spot passenden Nachspann gemacht.«

Vergnügt rieb er sich die Hände, und Hannelore sagte: »Ach, Heinz, ist das schön, dich mal wieder lachen zu sehen!«

»Ich hab' auch allen Grund dazu: Die neue Werbung kommt an; der Vagabund verkauft sich gut, jetzt auf einmal. Die Verbandszeitschrift spricht von ›Caravans der neuen Generation‹ und hebt hervor, daß wir es verstanden haben, die angeblichen Nachteile des Vagabund – klein, billig, einfach – in Vorzüge umzukehren. Das Magazin ›WerbeMarkt‹ nennt die Kampagne mit Les und Achim als Berichterstatter einen ›genialen Werbestreich‹. Meine Idee, Lörchen!«

»Was sagt eigentlich dein Freund Biegel dazu?«

Kaupp schob die Unterlippe nach vorn. »Ich glaube, der ist neidisch, weil ich den Riecher hatte, die Wettreise als Werbung zu nutzen – na ja, und dann verdiene ich auch noch mehr daran als er.«

21.

»Menschen schweben in die Höhe, Medien bewegen Wassergläser kraft ihres Willens, lesen Gedanken und senden sie Tausende von Kilometern durch die Luft, Blinde fühlen Farben, Lahme laufen wieder nur durch Handauflegen.«

Verärgert fegte Biegel die Zeitschrift zur Seite. Die Redaktion hatte seine Anzeige CHEMIE SCHMECKT NACH... inmitten eines achtseitigen Artikels über Geisterbeschwörung plaziert. Unbewußt würde der Leser, dessen war sich Biegel sicher, zwischen der albernen Spukgeschichte und der Anzeige eine Verbindung herstellen. Die Wirkung der Anzeige würde geschwächt, und wieder hätte der Kunde einen Grund, die Werbekampagne zu beanstanden.

Biegel schimpfte noch vor sich hin, als er den Telefonhörer abnahm. »Wer, was? Ria? Doch ja, durchstellen!«

Sein Gesicht hellte sich auf.

Ria kam ohne Einleitung zum Punkt. Sie sagte, sie wolle sich mit ihm treffen, am besten sofort. Nein, nicht im *Schalom*, nicht zum Essen, am liebsten bei ihm zu Hause.

Biegel spürte ein Ziehen in der Magengrube, ein durchaus angenehmes. Er blickte auf seinen Terminkalender.

»Heute abend muß ich zu einer Vernissage; hätten Sie Lust, mit mir dahin zu gehen?«

»Nö, nicht so sehr. Ich möchte mich lieber mit Ihnen allein unterhalten. Wie wär's dann mit morgen?«

»Abgemacht!« Biegel gab ihr seine Adresse. »Übrigens, kurz vor Ihrem Anruf hatte ich an Sie gedacht. Glauben Sie an übersinnliche Kräfte, Telepathie, Magie?« fragte er lächelnd.

»Ach, jeder Mensch tut das doch«, sagte sie schlicht.

Am Abend ging er zu der Vernissage. Die Galerie befand sich im zwölften Stockwerk eines Betonbunkers.

Hochhausgalerien galten derzeit als letzter Schrei. Die Bilder, monochrome Großformate, waren von den Wänden kaum zu unterscheiden. Ihr Vorteil lag darin, daß sie dadurch die Aufmerksamkeit nicht von den Gästen ablenkten, und die Gäste waren bei einer Vernissage nun mal das Wichtigste.

Die Männer hielten sich durchweg an Mineralwasser, die Frauen schluckten und schmokten und gieperten, als gälte es jahrhundertelange Versäumnisse an einem Abend aufzuholen. Standen mehr als zwei zusammen, wirkten sie so aufgedreht wie ein Knäuel Vipern. Nein, sie sahen nicht schlecht aus, zwei oder drei sogar recht gut, aber es war nicht eine darunter, mit der Biegel gern ins Bett gegangen wäre.

Der Maler konnte nicht malen, verkaufte sich selber aber sehr gut. Ein Teil dieser Verkaufsstrategie war, daß er ein schwarzes Gewand, Hose und Jacke aus einem Stück, mit Flitterkram am Kragen trug. Er führte Biegel zu einem Tapeziertisch, der sich unter der Last von Blutwürsten bog, dazu Roggenbrötchen, Zwiebelringe und Mostert.

»Kaviar und Schinkenröllchen kann ja kein Mensch mehr sehen«, sagte der Maler mit viel Augenaufschlag. Biegel stimmte ihm zu, und danach bekam er ein Glas Altbier, das der Künstler für ihn eigenhändig und mit aufgekrempelten Ärmeln am Holzfaß gezapft hatte.

Der Likörfabrikant kam auf Biegel zu, einen Mann mit Halbglatze und Trachtenjanker im Schlepp. Es war der Seifenkonzernmanager, dessen Frau den Künstler förderte, und der, was viel wichtiger war, ein neues Duschgel auf den Markt bringen wollte.

Als Biegel eine Stunde später in den Aufzug stieg, hatte er den Werbeetat für das neue Duschgel zwar noch nicht in der Tasche, aber die Aussichten, ihn zu bekommen, waren äußerst gut.

In dem getönten Spiegel, der die Rückwand des Fahrstuhls bildete, übte Biegel sein wölfisches Grinsen. Er freute sich auf den kommenden Tag.

22.

Das Klingeln klang ungeduldig, zweimal kurz angetippt. Biegel fuhr sich durch die Haare. Dann drückte er den Türöffner.

Er steckte eine Hand in die Hosentasche. Doch die Geste kam ihm gewollt leger vor. Er schob die Jackenärmel über die Ellbogen und kam sich vor wie einer der auf jung getrimmten Dynamiker aus der Investment-Reklame.

Der Fahrstuhl surrte und hielt auf der Etage unter ihm. Das Scherengitter klappte. Er beugte sich über die Brüstung, rief: »Das letzte Stockwerk! Rauf zu meiner Dachwohnung müssen Sie die Treppe nehmen.«

Biegel ging ihr entgegen. Ria stand sehr steif auf dem geräumigen Treppenabsatz neben den mannshohen Pflanzen im Licht des Erkers und blickte zu ihm hoch. Sie trug ein Sommerkleid aus weich fließendem Stoff, um die Taille hatte sie ein buntes Seidentuch geschlungen. Ihr Haar war mit Kämmen locker hochgesteckt. Nicht das kleinste Lächeln konnte Biegel in ihrem Gesicht entdecken.

Er bot ihr einen Drink an, sie lehnte ab. Sie wollte sich auch nicht setzen. Wie eine schnuppernde Katze lief sie durch die großen, von Oberlicht durchfluteten Räume. Biegel hatte Dachfenster einbauen und Trennwände herausbrechen lassen. An der Fassade durfte nichts verändert werden; das Haus stand unter Denkmalschutz.

»Schönes altes Holz«, sagte sie nach einer Weile und zog mit dem Fuß einen Halbkreis.

»Vor kurzem habe ich die Teppiche herausgenommen, seitdem kommt der Boden richtig zur Geltung.«

Er folgte ihrem Blick zu einer Stelle, wo das honiggelbe Parkett eine andere Tönung hatte.

»Da stand früher ein Schrank, gefüllt mit lauter Krimskram. Vorige Woche habe ich mir überlegt, was ich im vorangegangenen Jahr wirklich benutzt hatte; das habe ich behalten, alles übrige verkauft, verschenkt oder weggeworfen. Ist's erst einmal im Müllsack, verliert es seine Wichtigkeit, das Feuerzeug mit Monogramm, das Beistelltischchen, die Kuchengabeln. Die Vorhänge auch, die Rundbogen der Fenster sind ohne viel schöner, und es kommt mehr Licht herein.«

»Ja, einen schönen Ausblick hat man – über die Dächer, auf die Brücken und die Flußwiesen.« Sie lehnte sich gegen die Wand, setzte einen Fuß auf den anderen. Sie trug wieder die Ballerinenschuhe wie im *Schalom*. Der Schal saß jetzt schräg auf ihrer Hüfte. Genau wie damals verströmte sie diesen Hauch Schlampigkeit, den Biegel an ihr so erotisch fand.

»Sie sehen gut aus, Ria«, sagte er mit belegter Stimme.

»Danke. Aber ich bin nicht gekommen, um Nettigkeiten mit Ihnen auszutauschen.« Mit einer entschlossenen Gebärde drückte sie sich von der Wand ab. »Ich finde es schlimm, was Sie mit meinem Bruder machen.«

Einen Augenblick war Biegel wie vor den Kopf geschlagen. Dann fing er sich, schlug einen Ton an, mit dem er gewöhnlich bei Frauen gut zurechtkam. »Worin liegt denn meine Teufelei, liebe Ria?«

Sie ging auf seine Art nicht ein. »Sie wissen schon: diese dämlichen Radiospots«, sagte sie heftig. »Sie nutzen meinen Bruder aus. Sie vermarkten ihn…«

»Moment! Ihr Bruder macht das, wovon Tausende träumen – eine unbegrenzte Reise.«

»Das Schlimme an dieser ›geschenkten‹ Weltreise ist ja gerade, daß Les sie nicht abbrechen kann.«

»Das hört sich ja an, als ob Ihr Bruder gezwungen würde.«

»Natürlich nicht mit Gewalt, das weiß ich schon, aber mit Anerkennung und Beifall.«

Leise, wie zu sich selber, sprach sie weiter: »Wenn Les früher reiste, blieb er oft wochenlang an einem Ort, freundete sich mit Menschen dort an. Diesmal ist alles anders, diesmal will er nur weiterkommen, will Stationen abhaken. Früher hat er lange Briefe geschrieben. Heute hat er nur diese Kassetten im Kopf, die er betont locker bespricht, selbst wenn es um Gefahren geht, weil er weiß, daß Ihnen das gefällt.«

»Wie kommen Sie darauf?«

»Das hört man doch selbst aus den zusammengeschnipselten Werbetexten noch heraus, mit denen Ihr Freund Kaupp Geld verdient. In dem letzten Bericht sprach Les von einer Wahnsinnstour, zweitausend Kilometer durch den Busch. Ich frage Sie, warum macht er das?« Ihre Stimme war lauter geworden, kämpferisch, auf ihren Wangen zeigten sich rote Flecken.

Biegel hätte dieses Gesicht gern in seine Hände genommen, er machte schon eine Bewegung auf sie zu. Aber ihr Blick hielt ihn auf Distanz. Es klang ziemlich von oben herab, als er dann fragte: »Warum stürzen sich Männer mit zerbrechlichen Drachen von Steilküsten und Berghängen? Warum segeln Männer allein in winzigen Booten um die Kaps?«

»Weil sie sich langweilen oder verrückt sind. Egal, sie tun es jedenfalls für sich. Les aber tut es, weil Sie es erwarten. Sie, Herr Biegel, berauschen sich an Gefahren, in die ein anderer, mein Bruder, sich begibt – Sie und die hechelnden Zuhörer«, fügte sie angriffslustig hinzu.

Kampf, wenn es das war, was sie wollte. Es gab Frauen, die, je wütender sie wurden, desto hübscher wirkten. Ria hatte sich in kürzester Zeit zu einer Schönheit entwickelt. Er sagte ihr das.

Das Rot auf ihren Wangen vertiefte sich. »Sie halten

sich für geschliffen«, stieß sie hervor. »Aber in Wirklichkeit sind Sie nur glatt, aalglatt.«

Er ließ ihre Wut an sich abprallen, hob scheinbar gleichgültig die Schultern. »Sie kannten die Bedingungen doch vorher.«

»Ja, aber ich wußte nicht, was Sie daraus machen würden. Weiß Les eigentlich von den Werbespots?«

»Nein.«

»Das dachte ich mir.« Für einen Moment ließ sie ermattet die Arme hängen, dann straffte sie die Schultern. »Bitte sagen Sie meinem Bruder, daß Sie keine weiteren Erlebnisse mehr erwarten. Bitte hetzen Sie ihn nicht noch mehr!«

»Hetzen? Jetzt machen Sie aber mal 'nen Punkt. Bevor Sie mit Ihren Anschuldigungen fortfahren, hören Sie sich mal erst das Originalband an!«

Mit wütenden Schritten ging Biegel durch den Raum. Jung, schöner Mund, Hüften wie Sofakissen – und wenn schon! Er hatte die Faxen dicke. Aus einem Stapel Kassetten suchte er die mit der Aufschrift »Les Nr. 5« heraus. Er ließ das Band bis zur Mitte zurücklaufen und drückte die Starttaste.

...durch die Lage am Niger leidet die Stadt unter der Mückenplage. Ich will so schnell wie möglich weg. Die Frage ist, wohin? Das Wie ist auch noch nicht geklärt.

Sehenswert sind außerhalb der Stadt die Oyako-Fälle...

Biegel stoppte das Band. »Hier folgt die Beschreibung der Umgebung. Das ist aber nicht das, was ich Ihnen vorspielen wollte.«

Er spulte das Band vor. »Aha.«

...den Holländer wiedergetroffen, der seinen Wagen per Eisenbahn nach Bamako gebracht hat. Robby will mich

mit seinem Land-Rover bis Niamey, Hauptstadt des Niger, mitnehmen. Allerdings verlangt er fünfhundert Dollar. Das ist nicht zuviel für die zweitausend Kilometer lange Strecke durch Savanne, Wüste und Dornbuschwälder, die von Afrikakennern blumig die ›Tour der Tränen‹ genannt wird. Ich überlege es mir noch.

Das Band lief ohne Ton, und in dieser Pause hob Biegel die Hand, um Rias Aufmerksamkeit auf die kommenden Sätze zu lenken.

18. Juni. Ich habe zugesagt. Das Geld werde ich Robby am Ziel geben. Bitte überweisen Sie den Betrag plus meinen Monatssatz ans G.P.O. Niamey. Das Band ist noch nicht voll, aber…

Biegel drückte die Stopptaste. »Sehen Sie, niemand drängt Ihren Bruder. Ihm gefällt das.«

»Vor allem gefällt es Ihnen – und neuerdings eben auch den Hörern. Das ist der Drehpunkt. Ohne die Zuschauer, die insgeheim auf einen Unfall warten oder Blut sehen wollen, gäbe es keine Autorennen und keine Boxkämpfe, keine Stierkämpfer und nicht die Felsenspringer von Acapulco.«

»Was habe ich mit solchen Veranstaltungen zu tun?« fragte Biegel über den Block der Hifi-Anlage hinweg.

»Verstehen Sie denn nicht!« schrie sie. »Sie sind genauso ein Voyeur wie diese abgeschlafften Acapulco-Touristen, die zuschauen, wie sich die Felsenspringer in die Brandung stürzen. Genau wie die geilen Sie sich an den Gefahren anderer auf. Auch Sie zahlen und lassen springen.«

Langsam ging Ria auf Biegel zu. Als sie nicht mehr weiter konnte, stützte sie die Fäuste auf den Lautsprecherklotz und beugte sich weit vor, so weit, daß er ihren Atem spürte. Ihre Augen sprühten Funken, sie fauchte:

»Warum, Herr Biegel, wenn Sie Gefahr so toll finden, warum springen Sie dann nicht selber?!«

23.

Eine Woche bin ich nun in Indien, genauer gesagt in der nordwestlich gelegenen Region Pandschab. Hauptstadt ist Amritsar. Für die Sikhs ist es der Ort des heiligen Wassers. In den Straßen sieht man weniger Bettler als in anderen indischen Städten, was wohl mit dem Glauben der Sikhs zu tun hat, die viel geschäftstüchtiger als die Hindus und Moslems sind, aber auch viel neugieriger: ›Wo kommst du her? Wie ist dein Name? Bist du verheiratet?‹ So geht das den ganzen Tag. Mich packt die Wut, am liebsten möchte ich mir ein Schild mit den Antworten um den Hals hängen. Die Fragerei geht mir wirklich auf den Sack. Nie bist du in Indien allein, immer umringt dich eine gaffende Menschenmenge. Das zwingt dich, dauernd in Bewegung zu bleiben. Von wegen ›Ganz entspannt im Hier und Jetzt‹! Scheibenkleister!

Zu Fuß ist es am schlimmsten, da bist du der Anmache total ausgeliefert. Also lasse ich mich in einer Fahrradrikscha vom Bahnhof zum Goldenen Tempel bringen. Der Bursche hat nur Fetzen am Leib, ist sehnig und recht alt und wahrscheinlich schon ein halbes Jahrhundert im Geschäft. Affenartig tritt er in die Pedalen und teilt gleichzeitig nach rechts und links Fußstöße aus. So kommt er zügig voran. Nahtlos schließt sich hinter uns das Gewimmel. Am Ziel verlangt der Rikschaknecht von mir umgerechnet eine Mark und zwanzig. Für europäische Verhältnisse nicht viel. Aber ich ahne, daß er mir mehr als normal abknöpfen will. Nicht mit mir! Das Schlitzohr kriegt eine Mark – und keinen Pfennig mehr.

Wadura nahm seine Stiefel von dem neuen, größeren

Schreibtisch, an dem er seit kurzem saß, in dem neuen, größeren Raum der Werbeabteilung. Er drückte die Pausentaste an dem neuen, besseren Kassettengerät. »Nicht übel, was Achim da schildert«, wandte er sich an Bella. »Schade, daß wir das Material für einen Werbespot nicht verwenden können, schade.«

Er machte sich eine Notiz, ließ das Band weiterlaufen.

Am Eingang zum Heiligtum der Sikhs muß ich die Schuhe ausziehen. Ein Kerl in Turban, mit einem Dolch im Gürtel, drückt mir ein Käppchen auf den Kopf, fragt, ob ich Zigaretten in der Tasche hätte. Tabak und Alkohol sind in den heiligen Räumen verboten, Kopfbedeckung dafür Pflicht. Streng geht es zu bei den Sikhs, die sich weder die Kopfhaare noch den Bart schneiden dürfen. Die Haare werden straff nach hinten gezogen, zu einem Knoten gebunden und mit dem Turbantuch bedeckt. Alle tragen einen Armreif aus Metall.

Der Wächter macht mich auf die kostenlose Speisung für alle Tempelbesucher aufmerksam. Prima! Ich habe von heruntergekommenen Freaks gehört, die sich hier über Wochen den Bauch vollgeschlagen haben mit Linsengemüse, Fladenbrot und süßem Brei.

Es war ja vorauszusehen: Auch der Tempelwärter fängt mit der alten Leier an, woher ich komme und wie ich heiße. Er selber, so sagt er, trage den Namen Singh. Das bedeute Löwe, erklärt er, und sei eine Art Titel, den alle seine Glaubensbrüder im Namen hätten. Hier, passen Sie auf, ich halte ihm mal das Mikro hin…

Let's go!

›A what…? No!‹

Mann, ist der Typ verstockt. Say anything!

›Our-a religion were-a founded fifehundred years ago.‹

Na also, geht doch!

Und gleich darauf will er von mir wissen, was die

Deutschen von den Sikhs denken. Was weiß ich! Aber ich sage ihm: Da die Sikhs kriegerisch sind und zudem talentierte Geschäftsleute, nehme ich an, daß sie bei den Deutschen besser angesehen sind als die übrigen Inder.

Begeistert über meine Worte, malt er mit einem Stöckchen die Landkarte des Pandschab auf den Boden. ›Bald wird dieses Land ein unabhängiges Land der Freien sein – oder es wird im Blut ertrinken‹, verkündet er theatralisch.

Während das Band weiterlief, schrieb Wadura die Wörter Sikhs und Goldener Tempel und machte dahinter ein Fragezeichen.

…auf dem Telegrafenamt den Amerikaner Mark getroffen. Er will mich bis Neu-Delhi in seinem VW-Bus mitnehmen.

5. Juli. Endlich haben wir Amritsar hinter uns. Doch wer in Indien glaubt, außerhalb der Städte den Massen entronnen zu sein, der irrt. Auch auf dem Land ist man überall von Menschen umgeben, die einen angaffen und ›Hippie!‹ nachrufen. Ein Dorf reiht sich an das andere. Die Wege sind voll mit Ochsenkarren, die immer noch das Haupttransportmittel sind.

Diesen Absatz kopierte Wadura.

Behäbig zockelt ein Gespann vor uns in der Mitte. Die Straße ist einspurig, wir kommen nicht weiter. Nie weiß man, wohin der Treiber ausweichen wird. Hinter uns rückt ein Lastwagen auf. Im Führerhaus sitzt ein halbes Dutzend Turbanträger, und Trauben von Frauen und Kindern hängen an den Aufbauten. Sie lachen, winken, johlen. Mark fährt mit der Stoßstange bis an den klobigen, zweirädrigen Ochsenkarren ran, hupt, blinkt – und guckt in ein grinsendes Bauerngesicht. Es ist zum Aus-

wachsen! Endlich drischt der Kutscher auf den rechten Ochsen ein, der dadurch zwei Schritte schneller trottet und den Karren nach links zieht. Stoßverkehr auf indisch.

Aus diesem Teilstück schnitt Wadura nur einen Satz mit.

Auch wenn die Straße für kurze Zeit frei ist, kommt man nur schlecht vorwärts. Entweder kommt es einer der vielen heiligen Kühe in den Sinn, sich mitten auf der Fahrbahn zur Meditation niederzulassen, oder ein Kuli mit Lasten auf den Schultern, die ihm Augen und Ohren verdecken, wechselt unvorhergesehen die Straßenseite. Ich berichte das zur Erklärung, denn kurz vor der Grenze zum Bundesstaat Haryana passierte es:

Wir fahren durch einen Wald. Die Strecke ist nahezu frei, aber ziemlich unübersichtlich. Mark ist am Steuer. Ich kann ihm ansehen, daß er am liebsten das Gaspedal durchdrücken möchte. Allein vom Zusehen werde ich kribbelig. Um mich abzulenken, schaue ich aus dem Seitenfenster. Zwischen den Bäumen stehen vereinzelte Hütten, manche mit einem Lehmofen davor, wo jederzeit ein mit Ingwer gewürzter Tee gebraut wird. Dann kommen wir an giftgrünen Reisfeldern vorbei. In langen Reihen arbeiten Männer und Frauen. Sie blicken auf, einige winken. Urplötzlich rennt eine der Feldarbeiterinnen los, direkt auf uns zu.

Wadura stoppte das Band, spulte es noch einige Male vor und zurück. Dann hatte er auch aus dieser Passage die richtigen Sätze herausgeschnitten.

Beim Abhören der restlichen Kassette, die Finger auf Stopp- und Kopiertaste, sagte er: »Bella, aus diesem Reisebericht mache ich den Superspot, und wenn ich super sage, meine ich SUPER. Das ist Zündstoff. Und warum? Weil's echt ist!«

Bella nahm ihre Brille ab, kaute auf dem Bügel. »Wieso ist eigentlich der Biegel nie auf die Idee gekommen, mal Tatsachenberichte für eine Verkaufskampagne zu verwerten?«

»Soll ich's dir sagen? Drei Gründe: alt, müde, enteiert. Für den ist doch die lila Milka-Kuh immer noch das Geilste seit der Erfindung von Schamhaar und Titten.«

24.

Das pummelige Lehrmädchen schwang sich auf dem Drehstuhl herum. Ihre Knie waren rund und rosig, der Flusenpulli umspannte sie so eng wie eine Wurstpelle. Sie kaute auf den Nägeln, sprach um ihre Patschehand herum: »Ab nächste Woche soll ich in Ihre Abteilung, Herr Wadura.«

»Fein«, sagte Wadura. »Bei uns gibt's eine Menge zu lernen.«

Sie schob sich um den Schreibtisch herum, hielt ihm die Tür zum Chefzimmer auf.

Kaupp saß hinter seinem Schreibtisch, eine unangezündete Zigarre in der Hand.

»Der Rohschnitt ist fertig«, sagte Wadura.

»Dann mal los!«

Endlich haben wir Amritsar hinter uns. Doch wer in Indien glaubt, außerhalb der Städte den Massen entronnen zu sein, der irrt. Auch auf dem Land ist man überall von Menschen umgeben, die einen angaffen und ›Hippie!‹ nachrufen. Die Wege sind voll mit Ochsenkarren. Wir kommen nicht weiter. Mark ist am Steuer. Ich kann ihm ansehen, daß er am liebsten das Gaspedal durchdrücken möchte. Allein vom Zusehen werde ich kribbelig. Um mich abzulenken, schaue ich aus dem Seitenfenster. Wir fahren durch einen Wald, dann an giftgrünen Reisfel-

dern vorbei. In langen Reihen arbeiten Männer und Frauen. Sie blicken auf, einige winken. Urplötzlich rennt eine der Feldarbeiterinnen los, direkt auf uns zu. Zum Bremsen ist es zu spät. Mark reißt das Lenkrad herum. Das Gesicht der Frau ist ganz nah an meiner Seite. Ich sehe die Tika, den roten Farbtupfer an ihrer Stirn. Dann höre ich einen dumpfen Schlag.

Mark bringt den Wagen zu Stehen, sagt, wir müssen uns um die Frau kümmern. Statt zu wenden, setzt er rückwärts. Heute weiß ich, daß das unser Glück war. Im Rückspiegel sehe ich Menschen bei der Verletzten knien, weitere kommen von den Feldern gelaufen.

Fast sind wir an der Unfallstelle, da trifft uns der erste Stein. Der zweite zersplittert das Rückfenster. Dann dröhnt es wie ein gigantischer Hagelschauer. ›Die wollen uns steinigen‹, schreie ich und erinnere mich an das, was man überall auf der Strecke erzählt: ›Sobald du hinter dem Bosporus bist‹, sagen die erfahrenen Traveller, ›vergiß alles, was du in Europa eingebleut kriegst! Kommen bei einem Unfall Menschen zu Schaden, fahr weiter, Mann, fahr um dein Leben!‹

Mark hat das begriffen. Er legt den Vorwärtsgang ein. Als die ersten Knüppelschläge auf das Dach donnern, als Hände schon an den Türgriffen reißen und jemand mit der Hacke die Reifen schlitzen will, gibt Mark Vollgas. ›Nimm die Peitsche, Mann, hinterm Rücksitz!‹ brüllt er. ›Hau um dich, Mann!‹

Ich öffne die Beifahrertür einen Spalt, stelle mich mit einem Bein aufs Trittbrett und schwinge die Peitsche. Mark hupt wie besessen. Unser Wagen muß auf die Meute wie ein verdammter Kampfwagen wirken. Sie bilden eine Gasse. Einige Knüppelschläge, ein paar Steine, dann sind wir durch.

Wadura schaltete das Band ab, warf seinem Chef einen lauernden Blick zu. Kaupp hatte sich beim Zuhören nicht gerührt, die kalte Zigarre hielt er immer noch in der Linken. Jetzt griff er nach einer Zündholzschachtel, rappelte damit, sagte aber nichts.

Wadura kannte das. Der Alte geizte nicht nur mit dem Gehalt, er sparte auch mit lobenden Worten. Alles mußte man aus ihm herauskitzeln.

»Spitze, was!?« brach Wadura das Schweigen. »Jetzt, wo die Einschübe und Wiederholungen raus sind, wirkt's noch knalliger.«

»Hmm, ja, eindrucksvoll.« Kaupp riß ein Streichholz an. »Wie schon gesagt, hätte er uns nicht die Polaroids vom verbeulten Wagen geschickt, ich würde es nicht glauben. Trotzdem – hmm – können wir die Fahrerflucht, die es ja nun mal ist, so nicht reinnehmen.«

»Ich lasse mir was einfallen«, sagte Wadura.

25.

Die Briefmarken waren in Niamey, Republik Niger, abgestempelt. Biegel steckte eine Nadel in die Afrikakarte, die er an die Wand gepinnt hatte. Dann legte er das Päckchen, das er am Vortag erhalten und entgegen seiner Gewohnheit nicht sofort geöffnet hatte, auf die Fensterbank.

Er blickte auf den bleigrauen Fluß.

Unendlich langsam kämpfte sich ein Schlepper stromaufwärts. Auf den Ladeluken war ein Laufställchen verankert. Darüber flatterte Babywäsche. Die öligen Fluten leckten über die Bordkante. Sportboote umspielten das plumpe Schiff wie übermütige Delphine. Das Tuten des Binnenschiffers wurde von den Freizeitkapitänen mit ausgelassenem Winken beantwortet.

Auf der Rheinbrücke krochen Autokolonnen wie Raupen; mal bewegte sich der vordere Teil, mal der hintere. Ein stickig heißer Sommertag lastete auf der Stadt. Wer ein Fahrzeug hatte, floh aus den Häusern, hin zu den Ausflugslokalen, um sich dort mit anderen Ausflüglern um die Plätze zu balgen. An Sonntagen wie diesem wurden uralte Seitensprünge aufgetischt und Kinder grundlos geohrfeigt.

Auf der anderen Rheinseite, über der Düsseldorfer Altstadt, wabberte eine Dunstglocke aus Autoabgasen, obergärigem Bier und Erwartungen. Kaum vorstellbar, daß es dort vor fünfzehn Jahren noch echte Künstlerlokale gegeben hatte. Die Düsseldorfer hatten diesen Stadtteil, der sich stolz die längste Theke Europas nannte, den Provinzlern und der Vergnügungsmafia überlassen.

»Diese Altbierpfütze!« schnaubte Biegel. Früher war er gern mal ins Ürige gegangen, wo es ein hausgebrautes herbes Bier gab und Kellner mit blauen Schürzen über dicken Bäuchen, die die Zeche mit Kreide an die Wand kritzelten. Heute blieb er lieber zu Hause.

Er dachte an seine schneidigen Mitarbeiter, die jetzt mit Hawaii-Surfbrettern auf den Dächern ihrer BMWs ins Nachbarland Holland einfielen oder in käfigengen Squash-Hallen schwitzten, die am Wochendende mehr in Streß gerieten als bei der Arbeit, weil sie ihre Freizeit bis zur allerletzten Minute verplanten. Er stellte sich vor, daß sein Freund Heinz Kaupp nun mit Hannelore im Vorgarten Würstchen grillte, und fühlte sich plötzlich ganz wohl, allein zu sein.

Biegel hatte zwei Ehen hinter sich. Seine erste Frau, eine ausgesprochene Schönheit, blond, aber nicht helle, liebte ihn kritiklos. Das ging ihm bald auf die Nerven.

Seine zweite Frau, Vera, nicht ganz so hübsch, doch intelligent, bewunderte seine witzigen Einfälle und liebte sein Geld. Weil sie seinen Schnurrbart nicht mochte, zitierte sie Schopenhauers bissigen Ausspruch über das Geschlechtsmerkmal im Gesicht der Männer so lange, bis Biegel dieser geballten Argumentation vor dem Rasierspiegel nachgab. Kurz darauf verknallte sich Vera in einen Kinderpsychologen mit Vollbart und stechenden Augen, der jedoch arbeitslos war, weil kein gesundes Elternpaar ihm eine Kinderseele anvertrauen wollte. Vera half dem Arbeitslosen großzügig. Sie finanzierte seine Umschulung zum Heilpraktiker und ging mit ihm ins Bett. Als sie schwanger wurde, verließ sie Biegel.

Das war vor neun Jahren gewesen, und seither hatte Biegel wenig Neigung verspürt, einen dritten Versuch zu starten. Die kurzfristigen Verbindungen, die er statt dessen einging, hatten grundsätzlich lange Beine, sahen gut aus und waren nichtssagend. Zur Zeit jedoch lief gar nichts.

Eine Weile dachte er an das Mädchen Ria, sah ihr zorniges Gesicht vor sich, hörte wieder, wie sie am Schluß ihrer Anschuldigungen die Tür zuknallte und die Treppe hinunterlief. Eine unangenehme Erinnerung, die Biegel schnell wegschob.

Er öffnete Les' Briefpäckchen. Die Kassette legte er zur Seite, zunächst betrachtete er die Polaroids.

Die erste Aufnahme zeigte Les vor einer Wellblechhütte, umgeben von Kindern mit großen Augen. Auf der zweiten sah man ihn auf einem buntgestrichenen Schuhputzerbock sitzen, während ein zahnloser alter Mann vor ihm hockte und die Riemensandalen bearbeitete. Ein Halbwüchsiger mit einem Gewehr über der Schulter und einem Ring toter Vögel in der Hand drängte sich grinsend ins Bild. Les war noch schmächtiger geworden, er sah angespannt und etwas verwildert aus. Ein drittes Foto zeigte ihn am Steuer eines hochbepackten Land-Rovers; mit dem Daumen wies er auf ein zersplittertes Ortsschild. »Nampala« war noch zu entziffern; im Hintergrund runde, schwärzliche Hütten und ein Verwaltungsposten mit der grüngelbroten Fahne von Mali.

Biegel fragte sich, was sein Mann erlebt, wie er die Strapazen überstanden hatte: die sengende Mittagshitze, die kalten Nächte. Er verdrängte das Bild von Kindern mit Hungerbäuchen, stellte sich statt dessen feindselige Eingeborene vor. In den Slums lauerten Gefahren. Erst blitzten die Zähne, dann genügte ein falsches Wort, und es blitzte eine Klinge. Daß die Wahrscheinlichkeit, bei einem Spaziergang überfallen zu werden, beispielsweise im Düsseldorfer Hofgarten, genauso groß war wie im Jamturipark von Nairobi, kam Biegel nicht in den Sinn.

Er legte die Kassette ein, jedoch nicht mit der gleichen Freude wie sonst. Nach Rias Anschuldigungen empfand er ein gewisses Unbehagen. Les' Stimme klang bedrückt:

10. Juli. Gerade habe ich erfahren, daß meine Weiterfahrt nur möglich ist, weil Robbys Partner erkrankt ist. Wahrscheinlich hat er Malaria. Viele Insekten sind gegen die gebräuchlichen Mittel bereits resistent. Für mehr Sicherheit sollte man zwei verschiedene Medikamente und zusätzlich Vitamin B complex einnehmen. Die Mücken sind eine Plage, und die Angst vor möglichen Krankheiten kann die Reisefreude trüben.

Die eigentliche Gefahr liegt für den Europäer dennoch woanders: der Anblick des Elends. Die Bilder nisten sich ein, die schleppt man mit nach Hause, wo sie einem dann den Genuß am Überfluß rauben und für ein schlechtes Gewissen sorgen. Die Tramper wappnen sich gegen diese Eindrücke, indem sie sich einreden, daß sie selbst nichts besitzen. Das aber ist eine Lüge. Noch der ärmste Europäer hat mehr als der durchschnittliche Einheimische. Selbst wenn er total abgebrannt ist, bleibt ihm immer noch die Aussicht auf eine Arbeitsstelle in der Heimat. Dessen ungeachtet haben die meisten Globetrotter keine Scheu, die Gastfreundschaft der Einheimischen auszunutzen, um auf diese Weise ihre Reise zu verlängern. Ich weiß, ich habe gut reden mit meinem Reisestipendium. War auch nur so ein Gedanke, ich höre ja schon auf damit. Morgen geht's weiter.

13. Juli. Wo ist mein Rückgrat? Für die 235 Kilometer

bis Ségou haben wir zwei Tage gebraucht. Die Strecke ist als befestigte Straße verzeichnet. Geschmeichelt! sage ich. Wir sprangen nur von Schlagloch zu Schlagloch. Die Ausbesserungsarbeiten werden von Drei-Mann-Kolonnen mit Schaufel und Tragekorb ausgeführt. Immer wieder mußten wir Umleitungen fahren. Diese Umleitungen sind jedoch nichts anderes als Wege, die sich die Lastwagenfahrer selbst gesucht haben. Durch die Abnutzung entstehen auf dem harten Boden sogenannte Wellblechpisten, die in regelmäßigen Abständen geriffelt sind. Normales Fahren ist auf diesem Untergrund nicht möglich. Entweder schleichen oder rasen! Sonst rütteln dir die kleinen Erschütterungen das Gehirn weich und zerbröseln dir die Wirbelsäule.

Les erzählte wieder so lebhaft wie gewohnt. Es war, als hätten die Anstrengungen seine trüben Gedanken verjagt.

Häufig fuhren wir an riesigen schwarzen Flächen vorbei. Die Bauern roden das Land, indem sie die Buschsavanne einfach abbrennen. Wahnsinn! Ein paar Jahre später wird der Wind den fruchtbaren Boden weggeweht haben. Die Wüste wächst.

Vor Ségou änderte sich die Landschaft. Im Binnendelta des Niger werden Hirse, Zuckerrohr, Reis und Baumwolle angebaut. Das Stauwerk von Markala macht es möglich.

Für die Weiterfahrt nach Gao bieten sich zwei Routen an. Beide sind rund tausendzweihundert Kilometer lang. Auf der Südroute können wir leicht im Schlamm stekkenbleiben, auf der nördlichen Piste ebenso leicht versanden. Eine schöne Auswahl! Weil die Trockenzeit vorbei ist, entscheidet sich Robby für die Nordroute. Wir knallen den Tank und sämtliche Reservekanister mit Treibstoff und Wasser voll. Die nächste Tankstelle ist dreihun-

dert Kilometer entfernt. Ob es dort dann zur Zeit auch Diesel zu kaufen gibt, ist noch eine andere Frage.

16. Juli. Sand, Sand, soweit das Auge reicht. Dazwischen vereinzelte Dornsträucher. Darüber der flimmernde afrikanische Himmel. Oft erkennen wir die Piste nur an einer undeutlichen Rinne in den Dünen. Häufig ist diese Markierungsrinne von den Hufen der Tierherden zerstampft, die auf Wassersuche sind. Man verliert leicht die Richtung, fährt und fährt – bis es nicht mehr geht. Dann hilft nur noch eins: freischaufeln, Lochplatten unterlegen und umkehren. Das kostet Zeit, Sprit und Energie. So passierte es uns zwischen Nampala und Timbuktu.

Wir hatten gerade den Wagen entsandet, ich döste hinterm Lenkrad, und Robby peilte mit Karte und Kompaß. Da tauchte hinter ihm ein Hirte auf, stand da im roten Umhang mit einem Speer in der Hand und beobachtete uns. Keine Geste. Kein Ruf. Wo kam plötzlich der Hirte her, in dieser topfflachen, baumlosen Landschaft? Wovon ernährt sich seine Herde?

18. Juli. Die Strecke ist ermüdend. Robby spendiert das Mittel, das uns wach hält. Trotzdem müssen wir uns immer häufiger beim Fahren abwechseln. Ohne Vierradantrieb wäre hier kein Durchkommen. Tiefe Fahrspuren, dann mit Weichsand gefüllte Quergräben. Sehr tückisch! Mir wird klar, warum sich Robby vor unserer Abreise nach meiner Fahrpraxis erkundigt hat. Jetzt habe ich sie wirklich.

Als Les sich erneut meldete, waren anstelle der Fahrgeräusche entfernte Tierstimmen zu hören.

Ah, dieses Gefühl sich nach vierzehn Stunden äußerster Konzentration und Rüttelei endlich hinlegen zu können! So wenig genügt, um zufrieden zu sein. Ich werde übermütig, träume von einer Dusche und einem Bierchen im

Hotel Rivoli, dem Travellertreff in Niamey. Wenn alles gut geht – kein Regen, kein Achsenbruch –, dann können wir morgen da sein. Mein Körper ist schlaff, mein Kopf aufgedreht.

Jetzt ein tiefer Zug von der Zigarette. Gutes einheimisches Kraut. Der Himmel über mir ist eine ausgepreßte Blutapfelsine, die Geier sind die Fruchtkerne. Sie kreisen, immer enger. Was wird aus den jungen Schakalen? Die Jäger haben die Alte, die ihre Welpen schützte wollte, mit einer Zange aus Holzstangen aus dem Nest gehoben.

Biegel unterbrach den Bericht, der von der nüchternen Erzählweise zu einer bilderreichen Form gewechselt hatte. Mit geschlossenen Augen hatte er gelauscht, hatte sich eingebildet, den Sand zwischen den Zähnen zu spüren, hatte es geschafft, Les' Glück nachzuempfinden, das darin bestand, sich lang auszustrecken und von einer Dusche und von einem Bierchen zu träumen.

Aber irgend etwas hatte Biegel gestört.

Er spulte das Band zurück und hörte sich die letzte Passage noch einmal an.

Dann wählte er Kaupps Nummer.

26.

»Heinz, ich habe hier die neue Kassette von Les. Sekunde, ich schalte sie ein.«

»Hmm, ich höre.« Kaupps Stimme klang nach Grillkoteletts und Dämmerschoppen.

Biegel hielt den Hörer in Richtung Lautsprecher und löste die Pausentaste.

Wo kam plötzlich der Hirte her, in dieser topfflachen, baumlosen Landschaft? Wovon ernährt sich seine Herde?

»Achte mal auf die folgende Stelle!« rief Biegel dazwischen.

18. Juli. Die Strecke ist ermüdend. Robby spendiert das Mittel, das uns wach hält.

»Moment!« Biegel ließ das Band vorlaufen. »Achtung! Auch diese Stelle.«

Kaupp grunzte.

…in Niamey. Wenn alles gutgeht – kein Regen, kein Achsenbruch –, dann können wir morgen da sein. Mein Körper ist schlaff, mein Kopf aufgedreht.

Jetzt ein tiefer Zug von der Zigarette. Gutes einheimisches Kraut. Der Himmel über mir ist eine ausgepreßte Blutapfelsine, die Geier sind die Fruchtkerne. Sie kreisen…

»Hmm, guter Bericht von deinem Mann!«

»Nee, gar nicht«, widersprach Biegel heftig. »Und ich will dir auch sagen, warum, aber nicht am Telefon. Heinz, wir müssen uns treffen.«

27.

Das Taxi fuhr los, und Kaupp betrat den *Finkenkrug*. Sein Freund war schon da. Er saß an demselben Tisch, an dem sie vor rund vier Monaten den Plan für die Wettreise ausgeheckt hatten, und stierte in ein Teeglas.

Kaupp stieß ihn an. »Da bin ich, alter Junge. Was hast du auf dem Herzen? Schieß los!«

»Ich meine, wir sollten damit aufhören, aus den Berichten der Jungs Werbespots zu machen«, sagte Biegel ohne Umschweife.

Kaupp war baff. Von einer Sekunde zur anderen war

sein Schwung dahin. Nur zögernd setzte er sich auf dem Stuhl seinem Freund gegenüber. »Warum?«

»Weil die Texte, obwohl sie wortgetreu sind, die Aussage der Berichte verfälschen. Das ist der eine Punkt.«

»Mit deinen eigenen Werbetexten warst du nie so pingelig.«

»Werbetexte! Herrje! Hier soll es sich doch um Dokumentarberichte handeln. Jedenfalls werden die Spots von den Hörern so aufgefaßt. Und dann...«

Kaupp schnippte die Kellnerin heran, bestellte einen Magenbitter und wandte sich wieder seinem Freund zu.

»Biegel, ich versteh' dich nicht.«

»Heinz, die Sache hat sich selbständig gemacht, sie droht uns zu entgleiten.«

»Entgleiten? Alles läuft bestens, für alle Beteiligten. Deine Idee wird verwirklicht, die Jungs haben ihren Spaß, und mir, na ja, mir hilft's auch.«

Betont munter hieb Kaupp die rechte Faust in seine linke Handfläche. »Stell dir vor, morgen kommt ein Reporter von dem Reisemagazin ›Globus‹, übermorgen gebe ich ein Interview in der Morgensendung vom Rundfunk. Nur zwei, drei Minuten, aber immerhin. Für Freitag hat sich ein Fernsehteam der Regionalschau angesagt, die wollen einen Dokumentarbericht, ein Dings...«

»Feature«, half Biegel fast ungewollt.

»Richtig! ›Träume vom Fließband‹ oder so ähnlich wird es heißen, wohl doppeldeutig gemeint. Was sagst du dazu? All das wurde durch den Erfolg der Rundfunkwerbung ausgelöst.«

Biegel seufzte. »Alles auf Kosten anderer.«

»Also, da zahle ich jeden Monat...«

»Heinz, die Schwester meines Kandidaten macht sich Sorgen; sie glaubt, daß Les zuviel riskieren wird.«

»Ah, die Schwester! Ist sie nett?« Kaupp unterstrich mit seinen Händen, was er mit ›nett‹ meinte. »Sie hat dir wohl den Floh ins Ohr gesetzt.«

»Sie hat mich nur hellhörig gemacht. Und jetzt kommt der zweite, der entscheidende Punkt, warum ich die Sache abbrechen will: Nach dem letzten Bericht, von dem ich dir ja eben Ausschnitte vorgespielt habe, bin ich überzeugt, daß Les sich mit Drogen hochputscht.«

»Wir sind nicht seine Ammen«, brauste Kaupp auf.

Ein Gast vom Nebentisch drehte sich um, stierte sie unverhohlen neugierig an. Biegel senkte seine Stimme, sprach aber sehr eindringlich: »Auch dein Mann hat sich verändert. Komm, laß uns das Spiel, das längst keins mehr ist, abbrechen.«

»Und unsere Wette?«

»Dann hast du sie eben gewonnen.«

Kaupp schüttelte den Zeigefinger. »Trotzdem nicht. Du vergißt, daß meine ganze Vagabund-Werbung damit zusammenhängt.«

»Dann mach doch mit Profis weiter.«

»Wie stellst du dir das vor? Dann ist doch der Witz weg. Für die Reporter des Reisemagazins, für die Fernsehjournalisten, die das Firmenporträt machen wollen, ist die Werbung doch nur deshalb interessant, weil sie n i c h t gestellt ist.«

»Wie du meinst!« sagte Biegel mit starrer Miene. »Ich jedenfalls telegrafiere meinem Kandidaten, daß er keine Berichte mehr zu schicken braucht. Für mich ist das Reisespiel zu Ende.«

»Für mich nicht!«

»Heinz, verzichte auch du, bitte.«

»Warum?« rief Kaupp und schlug mit der Faust auf den Tisch. »Himmelherrgott! Biegel, alter Junge! Sag mir einen vernünftigen Grund, warum?!«

»Weil ich ruhig schlafen will.«

28.

»Mein Vorschlag: Bewaffnen Sie die Männer. Die sind den Kanaken doch sonst hilflos ausgeliefert. Der Bericht von den Steinewerfern in Indien hat das deutlich gezeigt. Ich kann nur sagen, in solch einer Situation wirkt eine Schrotflinte Wunder, und so ein Ding ist als Jagdwaffe überall erlaubt.«

Wadura faltete den Brief, steckte ihn zurück in den Umschlag und blickte zu seinem Chef, der die Familienfotos auf seinem Schreibtisch ordnete. »Das schreibt ein Karl Friedrich Mausser aus Kerken. Doll, was!?«

Kaupp schob die goldgerahmte Hannelore etwas aus seinem Sichtfeld. »Na ja, ein bißchen extrem«, gab er zu bedenken.

Mit der Fingerfertigkeit des geübten Kartenspielers verteilte Wadura den Packen Hörerzuschriften, den der Sender geschickt hatte, vor sich auf dem Tisch. Die Kernsätze in den Briefen und Postkarten hatte er mit Leuchtfarbe markiert. Er las sie Kaupp vor:

»Hier sagt einer: ›Ich finde gut, daß Sie normale Leute mit Ihren Reisemobilen losschicken und keine Tester.‹ Oder der: ›Endlich mal echte Erlebnisse!‹ Und dieser Schreiber, ein Elektronikhändler, er will die Jungs mit Videokameras ausrüsten, möchte jedoch als Spender genannt werden. Ha! Wieder einer, der sich an unsere Werbung anhängen will.«

»Was macht das Preisausschreiben?«

»Les liegt in der Hörergunst vorne; die Leute mögen seine lockere, lustige Art. Vor allem die weiblichen Zuhörer, die sehen in ihm den netten Jungen von nebenan.« Wadura fischte in den Zuschriften. »Hier schreibt eine Frau Inge Hardow…«

Kaupp unterbrach ihn: »Die Zuschriften sind also durchaus positiv.«

»Bis auf ein paar Nörgler, die anzweifeln, daß die Aktion echt ist.«

»Was wir ja beweisen können.«

»Und –« Bedeutungsvoll wog Wadura ein Kuvert in der Hand.

»Was denn noch?«

Wadura stand auf, nahm den Brief mit, legte ihn auf die altmodische grüne Schreibtischunterlage.

Aus den Augenwinkeln beobachtete er seinen Chef beim Lesen, bemerkte das leichte Zittern der Hände, den raschen, sorgenschweren Blick zu den Bildern von Frau und Tochter, die Unsicherheit in der Stimme, als Kaupp wegwerfend sagte: »Typisch. Die Unterschrift fehlt.«

Wadura kannte den maschinengeschriebenen Text auswendig, er lautete: »Hören Sie sofort mit dieser Hetzjagd auf, sonst werden Sie selber gejagt.«

29.

Im City-Park in Nairobi läßt sich's leben; er ist der Knotenpunkt der Afrikareisenden. Hier ruhen sie sich aus, hier bunkern sie Proviant für die Weiterreise und reparieren ihre Fahrzeuge. Die verrücktesten Mühlen kann man im City-Park sehen. Nicht weit von mir steht ein umgebauter Krankenwagen, der die Sahara durchquert hat, daneben ein Paketauto der Bundespost, das mit Couch und Küchenschrank möbliert ist.

Nach der Durststrecke durch den Tschad und Sudan ist Kenia ein bequemes Reiseland. Es gibt Milch in Tüten, gute Curry-Gerichte bei den eingewanderten Indern und süßes Gras aus den Bergen, das Kikuyu Jungen in Zeitungspapier anbieten wie Karamellen.

So kann der Tag beginnen. Ich liege unter einer Zeltplane, die seit Wochen mein Zuhause ist. Der Schweizer, dem der Toyota Landcruiser zusammengebrochen ist, hat mir seine gesamte Reiselektüre überlassen: Oswald Spengler, Kurt Vonnegut, Carlos Castaneda und Hermann Hesse – eine irre Mischung. Meist lese ich drei Bücher parallel:

›Langsam blühte, langsam reifte in Siddharta die Erkenntnis, das Wissen darum, was eigentlich Weisheit, was seines langen Suchens Ziel sei. Es war nichts als die Bereitschaft der Seele, eine Fähigkeit, eine geheime Kunst, jeden Augenblick, mitten im Leben, den Gedanken der Einheit zu denken, die Einheit fühlen und einatmen zu können…‹

Biegel stoppte das Band. Kaupps Stirnrunzeln galt offenbar nicht so sehr der Anstrengung, den Korken aus der Flasche zu ziehen, als dem Unwillen, Les' Bericht weiter anhören zu müssen. »Dein Mann ist wohl auf dem Philosophentrip«, warf er ein.

»Les hat jetzt ja Zeit. Das Geld für den Rückflug habe ich ihm telegraphisch überwiesen. Was er damit macht, wie lange er noch da unten bleibt, ist seine Sache.«

Kaupp füllte zwei Gläser, schnupperte. »Diese Blume! Und eine Farbe wie roter Samt!«

Biegel stieß mit ihm an. »Auf unsere Wette!«

Sie tranken, blickten sich über die Gläser hinweg an, machten allerlei Schmatzgeräusche, und Kaupp sagte, immer noch kauend und nachschmeckend: »Wirklich ein edler Tropfen, hätte ich mir selber nie geleistet.«

»Die restlichen neunundneunzig Flaschen kriegst du ins Haus geliefert, Heinz.«

Nach dem zweiten Schluck fragte Kaupp: »Sag mal, Biegel, du bist doch nicht etwa sauer, weil du verloren hast?«

»Nö, wieso?«

»Och, nichts, schon gut.« Kaupp stellte das Glas neben die Kassettenhülle, nickte in den nahezu leeren Wohnraum. »Deine Umgebung hat sich geändert, du selber hast dich auch verändert, schmeißt deine antiken Möbel raus, verkaufst deinen Porsche. Hand aufs Herz, geht es dir geschäftlich nicht gut?«

Biegel wollte ganz locker grinsen, aber es gelang ihm nicht. Vielmehr versteifte er sich so sehr, daß ein Schluck von dem Einhundertmarkwein auf den Parkettboden schwappte. »Worauf willst du hinaus, Heinz? He, nun mal raus mit der Sprache, was ist los!«

»Nichts weiter.« Kaupp kratzte sich die Mundwinkel, erst den rechten, dann den linken. »Nur, weißt du, da waren in letzter Zeit ein paar seltsame Briefe und Anrufe: Ich solle die Kampagne abbrechen. Das beunruhigt mich ein wenig.«

»Dann tu's doch auch!« rief Biegel gereizt. »Hör auf damit, verdammt noch mal! Hast ja gewonnen.«

30.

Am Nachmittag, nachdem der Regen aufgehört hatte, setzte sich das Ehepaar Kaupp in den neuen Geländewagen. Der komfortabel ausgestattete Mercedes, Modell G, hatte hinten eine verchromte Anhängerkupplung, wie es sich für den Geschäftswagen eines Wohnwagenfabrikanten ziemte, und vorne vergitterte Scheinwerfer und Rammschutz. »Für alle Fälle«, hatte der Autoverkäufer gesagt, der Kaupp am liebsten zusätzlich mit Buschmesser und Notraketen ausgerüstet hätte.

Kaupp trug ein cremefarbenes Freizeithemd und statt der üblichen Krawatte ein flottes Halstuch. Hannelore überprüfte im Rückspiegel den Sitz ihres sportlichen Hütchens und fragte Kaupp, ob er Führerschein und Wagenpapiere dabei habe.

Ein Stück, über den Zubringer, fuhr Kaupp zügig, dann, ab dem Breitscheider Autobahnkreuz, gemächlich. Er schaute nach rechts und links. Die Kölner Straße bis Mülheim-Saarn glich einem riesigen Freiluftladen für Reiseanhänger. Beiderseits der Straße waren alle namhaften Wohnwagenhersteller und Caravanimporteure vertreten. Auf planierten Wiesen und zwischen Obstbäumen hatten die Firmen Ausstellungsplätze angelegt; sie hatten Bauernhäuser mit internationalen Fahnen geschmückt und Scheunen zu Verkaufsbüros umgemodelt. Der größte Platz gehörte Kaupp-Caravans.

Da es Sonntag war, durften laut Ladenschutzgesetz die Tore nur zur Besichtigung geöffnet werden. Aber Kaupp wußte, daß seine Verkäufer montags auffällig viele Verträge aus den Taschen zogen, die vordatiert waren.

»Wäre doch eine Schande, die herumstreunenden Sonntagsbesucher nicht zu bedienen«, sagte er, und Hannelore nickte.

Vor der Flußbrücke bog Kaupp in Richtung Kettwig ab. Linker Hand floß die Ruhr, blauer und sauberer als ihr schlechter Ruf vermuten ließ. Das Zechensterben und die Stahlkrise hatten der Wasserqualität der gesamten Region gut getan. Nach neuester Meldung sollten die Fische aus Ruhr und Rhein wieder genießbar und das Baden wieder möglich sein, ohne daß einem die Haut weggeätzt wurde. Die Lokalpolitiker, die dies beteuerten, schwammen dennoch lieber in überdachten Schwimmbecken und aßen Lachse aus kanadischen Flüssen.

Für die sieche Schwerindustrie war die Freizeitgesellschaft in die Bresche gesprungen und sorgte nun dafür, daß die Natur nicht gleich übermütig wurde. Wasserfahrzeuge in allen Größen, vom Schlauchboot mit Außenbordmotor bis zum Kabinenkreuzer, knatterten über den Fluß, und am Ufer gab es alle paar Kilometer Campingplätze.

Mit Genugtuung stellte Kaupp fest, daß der Anteil der Wohnwagen mit seinem Firmenzeichen seit seiner letzten Rundreise sprunghaft gestiegen war; sichtbarer Erfolg der neuen Werbestrategie.

»Guck mal ins Handschuhfach, Lörchen! Wadura hat neue Anzeigen entworfen. Für den Vagabund werben wir jetzt auch in Frauenzeitschriften. Schließlich bestimmt ihr Frauen doch, was wir Männer kaufen dürfen.«

Hannelore schlug die Anzeige auf, die ein Wohnwagengespann in einer menschenleeren Landschaft zeigte, keine Hochspannungsmasten, keine Fabrikschlote, keine Verkehrsschilder; dafür eine malerische Staubfahne im Licht der untergehenden Sonne. Die sanften Bergkuppen konnten in Afrika oder aber, geschickt aufgenommen, auch im Allgäu sein. In das ganzseitige Foto war ein kleines Polaroid von Les Winterscheid eingeklinkt, dazu der Werbespruch:

MIT EINEM VAGABUND
ÖFFNEN SICH DIE GRENZEN
VAGABUND – DAS GRENZENLOSE
REISEVERGNÜGEN

»Gefällt mir«, sagte Hannelore. Sie drehte sich zur Seite, legte den linken Arm auf die mit Schaffell bezogene Kopfstütze des Fahrersitzes und kraulte ihrem Mann den Nacken. Kaupp bog von der Uferstraße rechts ab in einen schmalen Feldweg, der zu einem Mischwald führte und mit jedem Kilometer enger und schlechter wurde.

In einer Kurve fiel das Frauenmagazin auf den Boden. Hannelore hob es auf, legte es auf den Rücksitz zu den anderen Zeitschriften. Sie stieß Kaupp mit dem Ellbogen an.

»Du, Heinz, hinter uns ist ein Motorradfahrer, die ganze Zeit schon.«

»Seh' ich doch. Der soll warten. Ich biege ja hier ab.« Kaupp setzte den Blinker, bremste forsch und bog in einen Waldweg ein.

»Aber da steht: Nur für Fahrzeuge der Land- und Forstwirtschaft.«

»Was meinst du, warum ich den teuren Geländewagen gekauft habe.« Kaupp schaltete runter, gab Gas. »Hoho! Jetzt geht's ab in den Busch. Drück doch mal die Kassette rein, Lörchen!«

Hinter Kajiado verlassen wir die Asphaltstraße, die von Nairobi nach Arusha führt. Schirmakazien, Dornbüsche und dazwischen die mächtigen Stämme der Affenbrotbäume mit Ästen wie Gehirnwindungen.

»Aber das ist ja Les, Biegels Mann!« Um die Fahrgeräusche zu übertönen, mußte Hannelore schreien.

»W a r !« schrie Kaupp zurück. »Jetzt ist Les mein Mann, hab' ihn angeheuert. Ich brauch' doch die Berichte; Achim alleine kann ja schlecht eine Wettreise machen. Und es macht Spaß, zwei Pferde im Rennen zu haben.«

Am Horizont die blaugrünen Hügel Afrikas, Land der Hemingway-Helden, vor allem aber das Land der Massai, die sich nie um die Grenzen zwischen Kenia und Tansania geschert haben.

»Paß auf, Heinz!«

»Beruhige dich. Wir haben Vierradantrieb!« Kaupp legte die Differenzialsperre ein. »Hah! Ohne kommt man ja durch diese kaputten Wälder nicht durch.«

Der Boden war feucht und von den vermoderten Blättern glitschig. Doch die Räder griffen, zogen das Fahrzeug durch Bodensenken und über abgestorbene Äste.

Ein halbes Dutzend sehniger Burschen mit Speeren in den Händen bewacht die Herde. Daß sie bis über die Waden mit Kuhmist bekleckert sind, tut ihrer Würde kei-

nen Abbruch. Der Anführer trägt nicht den üblichen roten Umhang, sondern ein kariertes Jackett und Turnschuhe. Der Kikuyu-Junge, den wir mitgenommen haben, übersetzt. Sofort beginnen die Frauen, verzierte Kalebassen heranzuschleppen, immer mehr. Was sollen wir damit? Wir schütteln den Kopf. Jetzt zeigen sie uns Armbänder, bei denen das Leder in Form einer Armbanduhr ausgeschnitten und mit winzigen Perlen bestickt ist, die ein Zifferblatt nachahmen. Das ist sehr hübsch, aber nicht das, was wir suchen.

»Halt dich fest!« rief Kaupp mit kurzem Seitenblick.

Ein Baumstamm lag quer über dem Weg. Kaupp lenkte den Wagen drumherum, über eine Böschung und durch niedriges Unterholz. Zweige peitschten an den Seitenscheiben. Hannelore klammerte sich mit beiden Händen an den Haltegriff, gelblich weiß stachen ihre Knöchel hervor.

»Bitte fahr langsamer!«

»So was geht nur mit Schwung«, brüllte Kaupp ungerührt.

Der Anführer holt aus den ausgebeulten Taschen seines Jacketts zwei Reißzähne hervor. Gestenreich schildert er, wie er den Löwen mit dem Speer erlegt hat. Dann geht es um den Preis. Der Kikuyu feilscht. Er handelt auch dann noch, als Philipp längst mit dem Betrag einverstanden ist.

Das Palaver geht weiter.

Und dann, mit einem Schlag, ändert sich die Lage. Der Anführer rollt mit den Augen, stumm rücken die Krieger näher, bilden einen Kreis um uns. Das Gezeter der Frauen ist verstummt, die Stille wirkt bedrohlich. Irgend etwas ist schief gelaufen.

Ich schaue in das Gesicht unseres Übersetzers und ahne den Grund. Der schlaue Kikuyu wollte sowohl uns als auch die in seinen Augen dummen Massai reinlegen. Er hatte den Preis weiter gedrückt, um die Zwischensumme einzustreichen. Mit Händen und Füßen versuche ich, das dem Dorfchef klarzumachen. Doch der reckt nur stumm das Kinn. Die ursprünglich freundliche Atmosphäre ist vergiftet.

Durch ein Spalier von finster blickenden Kriegern treten wir den Rückzug an. Ich denke an die scharfen, schartigen Lanzen und spüre ein Kribbeln zwischen den Schulterblättern.

Dann sind wir außer Wurfweite. Doch erst als der Motor anspringt, fühle ich mich einigermaßen sicher. Unseren listigen Übersetzer haben die Massai festgehalten. Philipp und ich…

Hannelore drückte die Kassette raus. Sie näherten sich einem Kahlschlag. Johlend und mit wilden Lenkbewegungen umrundete Kaupp die kniehohen Baumstümpfe. Der Wagen sprang über die Wurzeln, neigte sich, drohte zu kippen.

»Anhalten, bitte, sofort!« Hannelore rüttelte an Kaupps Schulter.

»Ja ja, da vorne halten wir an.«

Am Rande der Rodung erhob sich ein Nadelwald mit dichtem Gestrüpp. Einige der hohen Bäume waren schwarz, mit kahlen Ästen, als hätten sie einen Waldbrand überstanden.

Kaupp brachte den Wagen zum Stehen, schwang sich hinaus und half seiner Frau beim Aussteigen. Sein Gesicht war rosig und verschwitzt. Er lächelte wie ein Rallyesieger.

»So, jetzt ein bißchen die Beine vertreten!«

Sie spazierten los. Das Unterholz wurde dichter, und Kaupp hielt seiner Frau die Zweige aus dem Weg. Nachdem sie ein Rinnsal überquert hatten, blieben sie in einer kleinen Lichtung nahe einem Stoß mit geklafftertem

Holz stehen. Nebel stieg vom Boden auf, ein Vogel krächzte.

Kaupp blickte sich um, atmete tief. »Unsere Privatsafari! Keine Schirmakazien, dafür Fichten, Kiefern und viel Ruhe. Hier kommt keiner von den Sonntagsfahrern hin.« Er spitzte die Lippen. »Nun, was ist? Krieg' ich keinen Kuß?«

»Ich weiß nicht.« Sie wandte sich ab, fummelte an ihrem Hütchen, das seine Form verloren hatte.

»Komm schon, Lörchen!« Kaupp nahm ihren Arm, zog sie zu dem geschichteten Holz, drängte sie dagegen. Er ließ seine Hände an ihren Hüften abwärts gleiten.

»Nicht, laß mich, Heinz, bitte! Wenn uns jemand sieht.«

»Hier sieht uns niemand, deshalb sind wir ja hier.« Er kniete sich nieder und drückte sein Gesicht an ihren Bauch.

»Mir gefällt es hier nicht, irgendwie ist es so düster.«

»Das ist der Märchenwald«, brummelte Kaupp. Hier und da tatschend richtete er sich auf, zog eine Grimasse und rief ausgelassen: »Huhu! Ach wie gut, daß niemand weiß, daß ich...«

»Da!« stieß Hannelore mit geweiteten Augen hervor.

»Was ist?«

»Da hat was geblinkt, da hinten zwischen den Bäumen. Eine Taschenlampe oder...«

»Sei mal ruhig!«

Irgendwo wurde ein Motorrad gestartet. Das Brummen verstärkte sich, nahm wieder ab.

»Komm!« Kaupp rannte bereits los. »Ich hab' den Wagen nicht abgeschlossen.«

Sie kamen zu spät. Die Wagentüren standen weit offen.

»Heinz, warum...«

»Halt den Mund!« herrschte er sie an.

Vorsichtig beugte er sich in den Wagen, der Zündschlüssel steckte. Auf den Rücksitzen lagen die Belegexemplare der Zeitschriften; die Seiten mit den Wohnwagenanzeigen waren aufgeschlagen, die Namen und die Fotos von Les Winterscheid und Achim Droste hatte jemand mit breitem Filzschreiber eingekreist.

»Und – fehlt was?« flüsterte Hannelore hinter ihm.

»Nein. Aber alle vier Reifen sind platt. Mist, verdammter!«

»Heinz, ich hab' Angst«, wimmerte sie. »Da ist wieder das Licht.«

Als er den Kopf aus dem Wageninneren zurückzog und sich umdrehte, sah er das Motorrad, das mit aufgeblendetem Scheinwerfer aus dem Dickicht am Ende der Rodung auftauchte und auf sie zuraste.

»Das sind zwei! Die sind ja wahnsinnig!« schrie Kaupp. Hierher, Hannelore, hinter den Wagen! Schnell!«

31.

Kaupp sah aus wie aus dem Sumpf gezogen. Sein cremefarbenes Hemd war verdreckt und eingerissen, an seinen Schuhen hingen Erdklumpen, sein Gesicht war hochrot und von Dornen zerkratzt. Hannelore sah nicht viel besser aus, nur daß ihr Gesicht bleich wie das Tischtuch war, auf dem ihre verkrampfen Hände ruhten.

»Nein, erkennen konnten wir nichts«, sagte sie. »Die hatten Lederkleidung an und Sturzhelme. Rocker waren das.«

»Oder Spanner.« Kaupps Stimme war belegt. Auf dem Bierdeckel vor ihm standen eine Menge Bleistiftkreuze und ein halbvolles Glas Magenbitter.

»Wieso Spanner?« fragte Biegel.

»Na ja, Lörchen und ich, wir zwei beide allein im Busch, da darf man doch mal wie in alten Zeiten, ein kleines…« Kaupp zuckte zusammen und faßte verstohlen an sein Knie.

»Geschossen haben die, Verbrecher waren das«, funkte Hannelore dazwischen.

»Können auch Fehlzündungen gewesen sein«, wiegelte Kaupp ab.

»Ich habe doch die ausgestreckte Hand von dem gesehen, der hinten drauf saß. Du hast ja nicht hingeguckt, als sie vorbeijagten, hast dich versteckt, du großer Abenteurer!« Hannelores Mund war ganz schmal, aber die Töne kamen noch laut genug heraus.

Die Wirtsleute des Waldcafés, die bisher gähnend in der Ecke gesessen hatten, horchten auf.

»Kommt, ich bringe euch nach Hause, morgen sehen wir weiter.«

Biegel stand auf und beglich die Rechnung. Die Wirtsleute schauten erleichtert. Bei dem seltsamen Pärchen hatten sie bestimmt mit dem Schlimmsten gerechnet, und das Schlimmste war ohne Zweifel eine unbezahlte Rechnung.

Kaupp kippte den Rest Magenbitter, einen von der hochprozentigen Sorte, und schüttelte in wohligem Schauer seinen Kopf, daß die Backen flogen. Hannelore nahm die halbvolle Rotweinflasche mit; nur nichts umkommen lassen. Auch wenn da ein Ehekrach in der Luft lag, die beiden paßten nicht schlecht zusammen.

Draußen auf dem Parkplatz, vor Biegels VW Golf, sagte Kaupp: »Ist ein Abstieg, aber mehr Platz hat er, wenigstens das. Sag mal, warum hast du deinen roten Flitzer eigentlich verkauft?«

»Ich war es leid, dauernd zum schnellen Fahren verpflichtet zu sein.«

Auf der Fahrt, unterbrochen von Sticheleien seiner Frau, erzählte Kaupp noch einmal den Hergang: Wie der eine Motorradfahrer sie verfolgte und wie der andere ihnen den Weg abschnitt, wie das Licht zwischen den Bäumen geisterte und wie die Rufe der Verfolger hallten, wie sie rannten, sich verirrten und schließlich zu dem Waldcafé kamen, das eigentlich schon geschlossen hatte.

»Weißt du, wie gut nach solch einem Erlebnis das erste Schnäpsken schmeckt?« fragte Kaupp munter.

»Heinz, mach dir nichts vor. Das war eine Warnung.«

»Wieso?«

»Von den Anrufen und den Drohbriefen hast du mir doch selbst erzählt. Und habe ich dir nicht gleich geraten, mit der Kampagne aufzuhören? Habe ich! Aber nein, statt deinen Mann zurückzurufen, machst du dich hinter meinem Rücken auch noch an Les ran.«

Kaupp löste den Sicherheitsgurt. Nur mit Widerwillen rückte Hannelore die Rotweinflasche raus, nach der Kaupp angelte. Er zog den Korken aus der Flasche, verschüttete einen Teil und sagte zwischen zwei Schlucken: »Der Junge hing da in Nairobi rum, ohne Job.«

»Ach nee, reine Menschlichkeit?«

»Nicht nur.«

Biegel warf seinem Freund einen Seitenblick zu. Kaupp hatte sich in den Sitz gekuschelt, rülpste wie ein satter Säugling und müffelte vor sich hin. Wut kochte in Biegel hoch; Wut auch darüber, daß er in die Rolle des Bremsers gedrängt wurde, obwohl ihm die des Anheizers viel lieber war.

Er sagte: »Und warum hast du Les nicht wenigstens reinen Wein eingeschenkt, ihm gesagt, daß es um Werbung geht?«

»Wadura meinte, dann wäre kein Pfiff mehr drin.«

»Pfiff ist gut. Hast ja jetzt gesehen, was dabei herauskommt.«

Die letzten Wegminuten durch Angermund, einem Vorort im äußersten Norden von Düsseldorf, fuhren sie schweigend. Biegel hielt vor Kaupps Haus, einem allein stehenden Flachbau. Nach einem knappen Dankeschön verschwand Hannelore im Eingang.

Kaupp deutete mit dem Kopf in ihre Richtung. »Sie ist ein wenig komisch, Wechseljahre, was weiß ich. Die Sache im Wald, besonders, daß uns da jemand zugeschaut hat, ist ihr furchtbar peinlich.«

Er machte eine schwerfällige Bewegung zur Tür, drehte sich dann noch einmal um. »Sag mal, Biegel«, er sprach langsam, fast schläfrig, »wo hast du eigentlich gesteckt? Ich mußte eine halbe Ewigkeit durchklingeln lassen, bevor du an den Apparat kamst. Hattest du schon geschlafen?«

»Nein, aber im Bett gelegen, allein, mit einem Buch, wenn du das meinst.«

Ein ungläubiges Lächeln breitete sich auf Kaupps Gesicht aus. Dann trollte er sich.

32.

Die Uhr am Armaturenbrett zeigte zwanzig nach zwei. Bis er zu Hause wäre, würde es drei Uhr sein. Kaum lohnte es sich, dann noch ins Bett zu gehen. Außerdem war er ziemlich aufgekratzt. Eine Menge Fragen gingen ihm durch den Kopf. Die wollte Biegel ordnen.

Er fuhr verhalten. Die Autobahn war leer. Ab und zu überholte ihn ein Fahrzeug. Nur ein einziges Scheinwerferpaar blieb konstant hinter ihm. Biegel nahm den Fuß vom Gaspedal.

Die Scheinwerfer näherten sich. Das Fahrzeug scherte nach links, überholte, scherte nach rechts, hielt an. Eine Leuchtkelle erschien im Seitenfenster: Polizei.

Ein Beamter blieb im Wagen, der zweite kam staksig auf Biegel zu, die Hand nahe der Pistolentasche, ein Bürschchen mit blondem Flaum auf der Oberlippe. »Guten Morgen. Irgendwelche Schwierigkeiten?«

Der Wortlaut war durchaus korrekt. Doch der aggressive Ton und die Art und Weise, wie ihn der junge Beamte musterte, gefiel Biegel gar nicht. »Schwierigkeiten? Nun, wer hat die nicht?« fragte er pomadig zurück.

»Mit dem Wagen.«

»Nein, mit dem Wagen überhaupt nicht. Feines Maschinchen, neu, summt wie eine Biene, angenehm geringer Spritverbrauch, kein Rucken im Getriebe. Bin wirklich zufrieden. Wieso?«

»Warum dann so langsam?«

»Langsam? Das ist relativ, schätze siebzig oder achtzig, finden Sie das zu langsam? Woanders macht man sich verdächtig, wenn man zu schnell fährt.«

Mit verkniffenem Gesicht verlangte der Polizist nach den Papieren, studierte sie gründlich, fand aber nichts auszusetzen. »Haben Sie Alkohol zu sich genommen, Herr Biegel?«

»Nein.«

Der Polizist steckte seine Nase ins Wageninnere, schnüffelte. »Sind Sie sicher, absolut sicher?« fragte er biestig. »Hauchen Sie mich mal an!«

»Wissen Sie, es ist mir unangenehm, fremde Menschen anzuhauchen.«

»Das glaube ich Ihnen gerne. Hier stinkt's ja wie in einer Pinte«, sagte er mit angestrengtem Widerwillen. Das Bürschchen fühlte sich jetzt ganz obenauf.

»Sie können es mir glauben oder nicht: Ich habe einen Freund nach Hause gebracht, der hier im Wagen getrunken und dabei einen Schluck Rotwein vergossen hat.«

»Ein Freund? Was Sie nicht sagen!«

Also gut, dachte Biegel. Dies war genau die Situation, die er sich immer dann wünscht hatte, wenn er auf dem Weg von irgendeiner Feier nach Hause in eine Polizeikontrolle gekommen war: Einmal stocknüchtern sein und dann an einen übereifrigen Beamten geraten.

»Ja, ein Freund, mein bester sogar, der mit seiner Frau im Wald war und dort überfallen wurde, der sich jedoch in ein Ausflugslokal retten konnte und mich von dort aus anrief. Während er auf mich wartete, hat er einen kräftigen Schluck getrunken, auf seine Rettung, auf seinen zweiten Frühling und auf das Klimakterium seiner Frau.«

Bei Biegels letzten Worten hatte der Polizist angefangen, mit den Fingern auf das Wagendach zu trommeln. Er drehte sich um, rief rüber zu dem Streifenwagen: »Hermann, komm doch mal her! Der Penner hier erzählt mir einen vom Pferd.«

Kollege Hermann war, wie Biegel hören konnte, damit beschäftigt, die Nachtsendung der ARD abzuhören. Er stieg aus, schloß seine Gürtelschnalle und kam mit schleppenden Schritten heran. Sein Gesicht war das Gesicht eines Beamten, der alle Hoffnungen auf eine Beförderung längst aufgegeben hatte. »Was is' los, Dietz? Ärger?«

»Riecht wie einer von der Wermutbrigade und labert was von Klinikum«, hetzte der Junge.

»Klimakterium«, verbesserte Biegel aufreizend sanft.

»Was meint der damit, Hermann?«

Die abgeschlaffte Miene des Alten wurde noch müder. »Schweinkram«, sagte er kurz, fügte dann aber, als er sah, daß der junge Kollege die weiterreichende Erklärung eines erfahrenen Beamten erwartete, mit Autorität hinzu: »Kliomaktorium ist der Vulgärausdruck für den weiblichen Kitzler.«

»Und wieso begossen?« fragte der Junge.

»Schweinkram, sacht' ich doch.«

»Klimakterium«, sagte Biegel provozierend von oben herab, »sind die Wechseljahre der Frau, die Zeit, in der die Keimdrüsenfunktion erlischt, die Menstruation unregelmäßig wird und schließlich ganz aufhört. Manche Frauen neigen in der Zeit zu Gefühlsausbrüchen und sind launisch.« Biegel hatte mal für ein Hormonpräparat Werbung gemacht.

»Hermann, der denkt, er könnte uns verarschen.«

»Okay, Dietz, die Röhrchen!« knurrte Hermann, und zu Biegel mit boshaftem Grinsen: »Haben Sie schon mal ein Wochenende in einer schön verpißten und verkotzten Ausnüchterungszelle verbracht? Nein, dann beten Sie mal, daß sich das Röhrchen nicht verfärbt!«

Es verfärbte sich um keine Nuance, auch das zweite und dritte nicht. Und dann nahmen sich die Beamten das Fahrzeug vor. Warndreieck? Ja! Mit der richtigen DIN-Nummer? Auch! Der Erste-Hilfe-Kasten? Hier! Nach neuester Vorschrift? Ja! Ersatzglühbirnen?

Sie taten ihr Bestes, fanden aber nichts.

Auf der Windschutzscheibe zeigte sich Nieselregen, kühl war es draußen auch. Biegel lächelte entspannt wie selten in den letzten Wochen. Mit aufreizender Gelassenheit ließ er den Wagen anrollen.

33.

Das Foto zeigte den Mercedes-Geländewagen mit offenen Türen und platten Reifen aus der Froschperspektive. Mit diesem technischen Kniff hatte der Fotograf der ansonsten nichtssagenden Aufnahme einen dramatischen Effekt gegeben. Die eingezeichneten Pfeile verwiesen auf die im Text erwähnten, wenngleich nur mutmaßlichen Schüsse. Die Firma Kaupp Caravans wurde zweimal, ihr Inhaber dreimal und ihr Werbeleiter Ulrich Wadura sogar viermal genannt, einmal mit dem Zusatz »Erfinder einer genialen Werbestrategie, die der Firma einen sprunghaften Verkaufserfolg brachte und die Mitbewerber aufhorchen ließ«.

Wadura war mit dem Artikel sehr zufrieden, besonders der Seitenhieb auf die Konkurrenz schien ihm gelungen.

»Julchen!« Er warf dem Lehrmädchen die Zeitung zu. »Ausriß davon für die neue Ausgabe vom ›Kaupp-

Kurier‹, auf schwarzem Untergrund.« Zu seiner Mitarbeiterin: »Bella, zeig ihr das!«

Er stülpte sich die Kopfhörer über, schaltete Achims Kassette ein, lehnte sich in dem Bürosessel weit zurück und phantasierte sich das pummelige Julchen auf den Schoß, die Auszubildende.

Auf der Brücke über den Ganges habe ich das Gefühl, von halbnackten Leibern zerquetscht zu werden. Tausende von Hindus aus allen Teilen des Landes sind auf dem Pilgermarsch nach Benares. Sie kommen, um in den trüben Fluten des Ganges zu baden oder auch, um hier zu sterben. Rund um die Uhr werden auf den Ufertreppen des heiligen Flusses die Leichen verbrannt. Über der ganzen Stadt hängt der süßliche Geruch nach verbranntem Fleisch.

Ein armer Teufel hat es nicht mehr geschafft, sich bis zu der Uferstelle zu schleppen, wo die Brahmanen unter Sonnenschirmen sitzen und die Gläubigen segnen. Er ist krepiert wie ein Fisch, den man an Land geworfen hat. Verbrannt werden muß er, wenn auch ohne Zeremonie. Der ausgemergelte Körper wird auf zwei LKW-Motorblöcke gelegt. Doch das darunter geschichtete Reisig will nicht brennen; gutes Brennmaterial ist rar und teuer. Als das Holz endlich, nachdem es mit Petroleum übergossen wurde, schwarz rußend aufflackert, beugt sich die Leiche noch einmal auf. Gespenstisch! Es sieht aus, als wolle der Tote die Lebenden verfluchen.

Eigentlich ist fotografieren verboten. Doch auch das ist wieder mal nur eine Frage des Geldes, in Indien wie anderswo. Aber ich sehe nicht ein, warum ich solch pietätlose Geschäftemacherei unterstützen soll. Die Polaroid unterm Hemd verborgen, schiebe ich mich näher ran und drücke auf den Auslöser.

Gefällt Ihnen das Foto?

Die zweite Aufnahme, die ich beifüge, habe ich Stun-

den später an derselben Stelle geschossen. Auch das Bild gehört zur Wirklichkeit der heiligen Stadt Benares: Hunde, die zwischen den Scheiterhaufen herumschleichen, die schnuppern und in der Asche scharren, die mit angekokelten Leichenteilen im Maul davontraben.

Was für ein Land! Ich könnte kotzen. Aber nicht einmal dazu bleibt mir Zeit. Dicht neben mir zischende Geräusche: ›Pssst! Mister, you want silk?‹ Eine kleine, drekkige Faust zerrt an meinen Hosenbeinen. ›He, Mister, komm, mein Vater hat Seidenfabrik!‹

Ach ja, das dreitausend Jahre alte Benares mit seinen moosbewachsenen Tempeln und Häusern, mit den engen Gassen voller Schlick und Schlamm ist ja nicht nur die Stadt des Todes. Immerhin ist Varanasi, wie es auf indisch heißt, auch berühmt für seine Seide. Ich bin gespannt, was der kleine Lump mir andrehen will, vielleicht irgendeine Fälschung, vielleicht aber auch seine Schwester…

»Herr Wadura?« Sie stellte sich an seine Seite, berührte ihn fast. »Es ist fünf Uhr. Kann ich gehen?«

Sie roch nach Seife und Fruchtbonbons.

Er sagte ihr, daß der Indienbericht noch abgetippt werden müßte für die Serie »Unsere Weltenbummler« in der Kundenzeitung. Hinterher, schlug er ihr vor, könnten sie zusammen ins Autokino am Minidomm gehen.

»Mein Freund wartet«, sagte sie mit verträumten Kuhaugen.

»Pech für dich«, sagte er garstig. »Da läuft ein Horrorstreifen, so'n richtig schön schmutziger mit Kettensägen und allem.«

Wadura lachte. Bella lachte auch. Nur die Auszubildende Julia lachte nicht. Kein Humor! urteilte Wadura. Die guckt ja nicht intelligenter als ein Salatkopf. Aber diese Möpse, diese Möpse!

34.

Aaah… jaah… ooh… hmmm… aaah… ooooh…

Wadura saß mit gekreuzten Beinen auf der Matratze, in der Rechten einen Löffel, in der Linken eine Dose »Baked Beans«, neben sich die Fernbedienung. Er kaute und starrte auf den Bildschirm.

Ein Mann und eine Frau fickten.

Wadura gab einen Schuß Tabasco in die Dose. Er hatte erst die Hälfte der Bohnen gelöffelt, die Pornokassette war noch nicht zu einem Drittel abgelaufen, der Mann und die Frau rammelten noch immer, doch sie guckten schon ziemlich ratlos.

Wadura klemmte die Dose zwischen seine Beine, löffelte weiter und spielte ein bißchen mit der Fernbedienung; er ließ die Szene vorwärts und rückwärts, schnell und langsam laufen. Schließlich fror er das Bild ein.

Er langte zum Kopfende der Matratze, wo ein Stapel Tonkassetten lag. Nach einigem Kramen hatte er das richtige Band gefunden. Er schob es in ein Abspielgerät und ließ dazu den Pornofilm anlaufen, drückte den Ton der Videokassette aber weg.

Der Mann und die Frau rammelten wieder, jetzt allerdings lautlos. Die Frau verzog nur den Mund wie ein Karpfen; dafür tönte aus den Boxen Peter Alexanders Sülzstimme:

Steig in das Traumboot der Liebe,
fahre mit mir nach Hawaii.
Dort auf der Insel der Schönheit
wartet das Glück auf uns zwei.
Die Nacht erzählt uns ein Märchen
und macht das Märchen auch wahr.
Steig in das Traumboot der Liebe,
bald sind wir beide ein Paar.

Weil verfremdet und gebrochen, also von ihm künstlerisch gestaltet, fand Wadura den Amateurporno nun erheblich besser. Gleichwohl die tiefe Befriedigung war es auch wieder nicht. Nachdem Wadura den letzten Löffel Baked Beans herausgekratzt hatte, ging er zum Telefon und wählte. Noch mit vollem Mund nannte er seinen Namen, sagte: »Ich komme gleich.«

Er warf dem Papagei, der zu zetern angefangen hatte, als Wadura die Wählscheibe betätigte, eine Handvoll Sonnenblumenkerne in den Käfig; er bückte sich zur Matratze und polierte mit dem Laken die Silberbeschläge seiner Stiefeletten.

An der Tür kehrte er noch einmal um, flappte die Kassette aus dem Gerät, stiefelte zu dem Vogel und zog aus einer Halterung unter dem Käfigboden eine Pistole hervor. Beides, Waffe und Tonband, steckte er ein.

Dann verließ er sein Apartment.

35.

Die letzten Meter ging Wadura zu Fuß. Er hatte seinen Wagen in einer Nebenstraße geparkt, vor einer Mietskaserne, in der Reparaturen durchgeführt wurden. Ein Gerüst war aufgebaut, Baumaterial lag herum, eine Rohrrutsche mündete in einem Abfallcontainer.

Das Haus, auf das er zuging, stammte aus den fünfziger Jahren wie das ganze Viertel. Kleine Angestellte wohnten hier, die auf die Ablage ihres Opels ein Kissen mit dem eingestickten Kennzeichen legten, und Arbeiter, die für den Mallorca-Urlaub Sonntagsschichten klopften. Die Häuser waren absolut gleichförmig und unterschieden sich nur durch den Anstrich. Tagsüber sah man Hausfrauen mit Einkaufswägelchen auf den Straßen und Omas mit Kissen unter den Ellbogen, die ihre Enkel auf dem Abenteuerspielplatz beobachteten. Abends flimmerte hinter den Scheiben einheitlich das bläuliche Licht der Fernsehapparate.

Wadura klingelte. Das Türschloß schnappte. Er trat in den Flur. Das Licht sprang an, gleißend hell. Das Treppenhaus roch nach Putzmitteln, war sauber wie geleckt. In den Bodenfliesen spiegelten sich Gummibäume und Kakteenhocker.

Vor der Tür im zweiten Stock lag eine Kokosmatte. In der Tür war ein Spion, das Auge dahinter war groß wie ein Spiegelei. Eine Sicherheitskette rasselte. Wadura trat ein und zog hinter sich die Tür ins Schloß. An Blümchentapeten vorbei ging er zur ersten, nur angelehnten Wohnungstür. Zaghaft klopfte er.

Eine Hand fuhr vor, schlug ihm hart ins Gesicht. »Dies für deine Verspätung. Und dies, damit du weißt, wo du dran bist.«

Wadura sank auf die Knie. Ein Stöckelabsatz bohrte sich in seinen Nacken. Er warf sich herum, umschlang das Bein mit den Netzstrümpfen, drückte seinen Mund auf den Fußspann, küßte den Lackschuh, gründlich, von der Hacke bis zur Spitze, und wagte erst dann einen Blick zu seiner Herrin.

Silvis fette Figur steckte in einem Lederkorsett, ihre schwarzen Haare standen zottelig vom Kopf ab. Die Schminke war so dick, daß ihr derbes Gesicht wie eine Maske wirkte. In der Hand hielt sie eine Riemenpeitsche. Von einem Wandbrett mit Ketten und Handschellen, Knuten und Reitgerten nahm sie ein mit Stacheln besetztes Hundehalsband.

»Komm her, du kleiner Pißköter!«

Eine Weile führte sie ihren Kunden an der Leine, tat es aber nicht mit mehr Leidenschaft, als führte sie tatsächlich einen Hund spazieren. Wadura maulte, kriegte Prügel und durfte endlich in den stählernen Laufstall, der in einer Eckes des Raumes stand.

Bevor er sich dort mit Lust den Ferkeleien hingab, reichte er Silvi die Kassette, die er mitgebracht hatte.

Dort, wo die Blumen blühn,

dort, wo die Täler grün –
dort war ich einmal zu Hause.
Wo ich die Liebste fand,
da liegt mein Heimatland.
Wie lang bin ich noch allein?

Daß Freddy Quinns Stimme aus einer Stereoanlage kam, war ein Jammer. Richtig schrill wäre ein Nußbaumradio von Loewe Opta gewesen, mit magischem Auge, möglichst noch auf einem Nierentisch. Doch abgesehen von diesem Stilbruch konnte Wadura mit der Spezialbehandlung zufrieden sein. Silvi arbeitete mit Peitsche und Fußtritten, bis sein Hinterteil wie Feuer brannte und ihr selber der Schweiß auf der Stirn stand.

»Geile Ratte, Kakerlake. Friß den Dreck, friß!«

In eine Ecke des Käfigs gedrängt kam Wadura zu seinem Orgasmus. Er zog sich an, zahlte für die zwei Stunden und gab noch einen Hunderter drauf.

Die Beschläge seiner Stiefel hallten durchs Treppenhaus. Unten legte er die Hand auf die Klinke der Haustüre. Jemand hatte sie mittlerweile abgeschlossen. Wadura fluchte auf die spießigen Bewohner. Er mußte noch einmal zurück. Silvi gab ihm den Schlüssel. »Wirf ihn in den Briefkasten, nicht vergessen!« schärfte sie ihm ein.

»Ist doch klar. Tschüs.«

»Tschüs.«

Die Luft kam ihm draußen unnatürlich frisch vor. Sein Gesicht, sein ganzer Körper brannte angenehm; er fühlte sich porentief sauber und wohltuend erschöpft wie nach einem langen Saunagang. Er schlug den Mantelkragen hoch und schlenderte zu seinem Wagen.

Schon von weitem fiel ihm auf, daß irgend etwas nicht stimmte. Der Mustang lag hinten so tief, daß die Stoßstange beinahe den Boden erreichte. Wadura stieß mit den Stiefelspitzen gegen den Weißwandreifen. Der war zwar brüchig, doch der Luftdruck schien in Ordnung zu sein.

Wadura öffnete den Kofferraum. Das heißt, er wollte ihn öffnen. Die Klappe wippte schon bei der ersten Berührung in die Höhe. Wadura schrak zurück. Reflexartig zuckte seine Hand zur Manteltasche mit der Pistole.

Vor sich, schwach beleuchtet von der Straßenlaterne, sah er eine Hand und einen Unteram. Der Arm war nackt, haarlos, glatt und gelblich wie Wachs, die Finger waren gespreizt und hatten lange, rotlackierte Nägel. Die Haut fühlte sich hart an.

Erst bei der Berührung erkannte Wadura, daß der Arm, der aus dem Mörtel ragte, mit dem der Kofferraum seines Wagen bis zur Kante gefüllt war, der Arm einer Schaufensterpuppe war. Zwischen die gespreizten Finger hatte jemand einen Zettel gedrückt:

DU WEISST WARUM.
DAS NÄCHSTEMAL LIEGST DU DARIN.

Die Zementmischung war noch weich, hatte aber bereits angezogen.

36.

Es gab nur ein Rezept. Er mußte so locker wirken, als hätte er den Etat bereits in der Tasche. Siegessicher schritt Biegel zum Podium. Er wußte, daß sowohl seinen Mitarbeitern als auch der Riege der Auftraggeber nicht das kleinste Anzeichen von Selbstzweifel entgehen würde.

»Ehrlichkeit in der Werbung?« fragte Biegel wohlartikuliert in den Versammlungsraum. »Ja, ich glaube, die Zeit ist reif dafür.«

Dann erklärte er seine Strategie für das neue Duschgel ›Nissnass‹. Sie zielte auf Käufer aus Berufsschichten, die bislang beim Baden und Duschen lediglich an Körperreinigung gedacht und dafür eine ganz normale Seife benutzt hatten.

»Bislang«, widerholte Biegel. »Mit Nissnass werden Spaß und Erholung in die Badezimmer einziehen, bis hin in die Waschkauen der Malocher. Testmarkt ist schließlich der Ruhrpott!«

Sein Art Director zückte aus einer schwarzen Mappe, im Branchenjargon ›Sarg‹ genannt, Fotos, die später in Anzeigen und auf Plakatwänden erscheinen sollten. Es waren Aufnahmen von Menschen, die sich bei der Arbeit schmutzig machten. Sie zeigten Maurer und Metzger, Krankenschwestern und Kaminkehrer; Menschen, die laut Biegels Slogan nur eines im Sinn hatten:

NACH DES TAGES MÜH UND PLAGEN
JETZT MIT NISSNASS FEIER-BADEN

Biegel wirbelte mit Worten, sein Art Director versuchte mit ihm Schritt zu halten. Mit Händen, die wie Propeller drehten, fächerte er auf einer Staffelei die Charts auf, Schautafeln mit grafisch aufbereiteten Statistiken und übergroß gedruckten Textseiten

Biegel blickte in die Runde. Alle sahen gleich aus, Chemiker, Verkaufsleiter und Vorstand, die ganze Bagage in Nadelstreifenanzügen mit dezent gemusterten Krawatten, alle mit glatten Gesichtern, kühl und skeptisch. Nicht eine Miene signalisierte Zustimmung, auch nicht die des glatzköpfigen Oberseifensieders, der ihm auf der Vernissage beste Aussichten bescheinigt hatte. Biegel redete gegen eine Wand. Als gewiefter Profi spürte er, daß die Sache gelaufen war, gegen ihn. Noch vor einem Jahr hätte er es geschafft, diese Steiftiere von seiner Idee zu begeistern. Aus. Vorbei.

Auf dem Betriebshof des Konzerns wechselte er noch einige Worte mit seinen Leuten; dann fuhr er nach Hause, ohne Eile, wie er sich das angewöhnt hatte.

»Feierabend!« sagte er zu sich. Steig aus, ehe es zu spät ist. Wer sich mit Zweifeln über die Notwendigkeit einer neuen grüngestreiften Zahnpasta plagt, hat im Werbegeschäft nichts verloren. Und dann? Nun, es gibt außer dem Beruf noch andere Dinge! Das sagen alle, schöne Binsenweisheit, aber kaum einer richtet sich danach. Und der Etat? Ist doch nicht wichtig für dich! Nein, oder doch ja, so wichtig oder unwichtig eben wie für einen Fußballfan der Sieg von Fortuna Düsseldorf. Geld allein war es ja nie gewesen. Der Kampf gegen die Mitbewerber hat dir Spaß gemacht. Das Pokern um den Auftrag, das war doch der Urkampf überhaupt; statt einer Keule hast du Argumente geschwungen, Geist blitzen lassen. Je härter du zugeschlagen hast, desto lauter war der Beifall der Zuschauer. Am lautesten haben deine Mitarbeiter und deine Auftraggeber gejohlt, wenn du zum Schwein wurdest, wenn du einer kleinen pfiffigen Agentur den Etat, den sie zum Überleben brauchte, vor der Nase weggeschnappt hast. Na schön, die Regeln hast du nicht gemacht, und solang dir dieser Kampf Spaß gemacht hat, war's in Ordnung; ohne Spaß ist's Quälerei. Die Zuschauer haben das schon bemerkt. Der alte Werbewolf, werden sie jetzt sagen, hat keinen Biß mehr, soll er doch Filmchen für die Sesamstraße machen.

Biegel stellte das Radio lauter. Achims Stimme hatte seinen Gedankengang unterbrochen:

Bettler und Banditen. Allein in Bombay gibt es hunderttausend Prostituierte. Zentrum der käuflichen Liebe ist die Falkland Road. Die meist sehr jungen Mädchen hausen dort in Bretterbuden, die nach vorne mit Eisenstäben vergittert sind. Freier und Passanten bummeln an den Käfigen vorbei wie bei einem Zoobesuch.

Wir parken vor dem Gateway of India. In der Nacht versucht jemand, die Wagentür zu öffnen. Stimmen. Stärkeres Rütteln. Verschlafen schaue ich durch das Kurbeldach und bin geblendet. Der Platz, in gleißendes Licht getaucht, ist bis hin zum Luxushotel Taj Mahal wie leer-

gefegt. Die Straßenhändler, die Diebe und Obdachlosen sind verschwunden. Einsam schreitet ein prächtig gekleideter Mann durch den Torbogen, in der Rechten ein Schwert, in der Linken eine verschleierte Schönheit. Während wir schliefen, ist der Parkplatz vor dem Gateway of India zum Drehort geworden.

»Ja, Reisen und Abenteuer Mit einem Vagabund von Kaupp-Caravans öffnen sich die Grenzen. Und nun wieder unsere Frage: Wem von unseren Weltenbummlern geben Sie die besseren Chancen, Les oder Achim? Schreiben Sie.«

Biegel hörte sich die Werbung mit gemischten Gefühlen an. In der Tat waren seine Gefühle etwa so gemischt wie die eines Ehemannes, der von einem Fremden erfährt, daß seine Ehefrau im Bett große Klasse ist. Er drehte dem Radiosprecher den Hals ab.

Als er seine Wohnung betrat, klingelte das Telefon. Bevor er den Hörer abnehmen konnte, verstummte es.

Eine Stunde später, Biegel keuchte an seinem Heimtrainer, kam der zweite Anruf. Er ließ den Apparat klingeln, schuftete weiter mit den Hanteln. Das Gespräch wurde vom Anrufbeantworter aufgezeichnet.

Erst als seine Muskeln schmerzten, als seine Schlagadern dick vortraten und die Sehnen wie Drähte vibrierten, hörte er mit den Übungen auf. Er ging ins Badezimmer und stellte sich unter die Dusche, ohne Nissnass, und fühlte sich dennoch gut.

Dann hörte er die Aufzeichnung ab. Eine klangvolle, fast sanfte Stimme, die Biegel bekannt vorkam, die er aber nicht einordnen konnte, sagte: »Ja, Reisen und Abenteuer, die gibt es auch hierzulande. Wem von unseren Kandidaten geben Sie die besseren Chancen, heil aus der Sache herauszukommen, Biegel oder Kaupp? Na, Groschen gefallen? Also, passen Sie gut auf! Wir geben Ihnen zwei Tage Zeit, die Kampagne abzubrechen.

Wenn bis dahin nichts passiert ist, passiert was. Haben Sie gehört? Achtundvierzig Stunden! Und nun ran, damit auch Sie mal ins Schwitzen kommen.«

37.

Mit dem Telefon in der Hand durchmaß Biegel den Raum von einem Ende zu anderen.

»Worum es ging?« sagte er gedehnt, darauf bedacht, daß seine Stimme nicht seine Unruhe verriet. »Ich hatte eine Konzeption ausgearbeitet, die von dem üblichen Schema abwich, das Produkt im Kreis der Schönen und Jungen und Reichen zu zeigen. Statt dessen sollten Maurer und Krankenschwestern die Seife vorstellen, weil solche Leute das Zeug doch schließlich und endlich kaufen.«

»Und kriegst du den Etat?« fragte Kaupp.

»Ich glaube nicht. Die Seifenmacher waren der Meinung, Arbeiter identifizierten sich lieber mit Flugkapitänen und Schauspielerinnen als mit Kollegen.«

»Tja, Ehrlichkeit lohnt sich wohl nicht.«

»Vielleicht nicht in der Werbung, im Privatleben aber schon.«

Er ließ die Worte einsickern, bevor er weitersprach; eindringlich sagte er: »Du, Heinz, laß uns zusammen überlegen, wie wir deine Kampagne beenden. Wie wär's, wenn wir heute abend einen trinken gehen? Ist schon eine Ewigkeit her, daß wir…«

»Biegel, heute abend ist schlecht. Meine Tochter kommt. Du weißt, sie lebt jetzt in so einer komischen Wohngemeinschaft. Sie meint, ich würde sie nicht genug unterstützen. Heute ist Aussprache – anderes Wort für neue Forderungen, für alte Beschuldigungen, für Familienknatsch. Ich bin also ziemlich im Druck, ein andermal gern, du verstehst doch.«

»Schon verstanden.«

Enttäuscht hängte Biegel ein. Eine Weile setzte er sich in den Sessel, sprang dann wieder auf, lief wieder mit unruhigen Schritten durch die Wohnung.

Irgendwann stellte er den Fernseher an, bekam aber nur mit, daß es um den alltäglichen Schrecken ging, um Kriege und Katastrophen. Er knipste den Apparat aus und hörte sich noch einmal die Telefondrohung an.

Auch diesmal kam er nicht drauf, wo er die sanfte Stimme schon einmal gehört hatte. Dafür fiel ihm etwas auf, was er beim erstenmal überhört hatte: ein Geräusch, das wie das Klicken von Billardkugeln klang.

Auf dem Weg zum *Schalom* zwang Biegel sich zur Ruhe. Ganz bewußt fuhr er ein paar Umwege. Es war warm, und die untergehende Sonne spiegelte sich in den gläsernen Fassaden der Banken. Die Stadt wimmelte von Radfahrern, die sich in den Straßenkneipen ohne Risiko die Hucke vollaufen ließen. An Sommerabenden wie diesem fühlten sich Besitzer von Nuckelpinnen mit Klappverdeck jedem Mercedesfahrer überlegen.

Wie damals, als er mit Ria im Porsche das Band abhörte, parkte er seinen VW Golf auf dem Tankstellenplatz neben der Waschanlage. Er ging schräg über die Kreuzung zum Eckeingang des *Schalom*.

An der Hauswand lehnten Fahrräder. Die drei Tische, die der Wirt zwischen die Betonkübel auf den Bürgersteig gestellt hatte, waren bis zum letzten Platz besetzt.

Nach einem kurzen Rundgang durch die Räume blieb Biegel an der Theke stehen, nahe dem Zapfhahn, neben dem Dichterjüngling, der auf Charles Bukowski machte und aussah wie ein Pfadfinder.

Biegel bestellte ein Pils. Während der Mann mit der Lederschürze den Schaum von einem vorgezapften Bier strich und einen weiteren Schuß dazugab, fragte Biegel seinen Thekennachbarn sehr nebenbei nach Ria.

»Sie standen an dem Tag mit ihr hier an der Theke, haben ihr was vorgetragen.«

»Kann sein. Warum?« fragte er mürrisch.

»Ich hab' ihr mal ein paar Englischschüler vermittelt, hätte jetzt wieder welche. Ich dachte, daß ich Ria hier antreffen würde. Übrigens, der Text, den Sie ihr –« Biegel hob einen Daumen.

Der Jüngling blickte weiter mürrisch, aber längst nicht mehr so gelangweilt. »Ria hat wohl mal wieder ihre Phase.«

»Ach ja?« horchte Biegel auf, schwächte sein Interesse aber sogleich ab. »Hat doch jeder mal.«

»Manchmal kommt sie täglich, sitzt hier die halbe Nacht und liest in ihren esoterischen Büchern. Dann wiederum kommt sie wochenlang überhaupt nicht, traut sich nicht aus dem Haus. Paranoia. Anlage zur Schizophrenie, wenn Sie mich fragen. Stimmt's, Gert«, wandte er sich an den Zapfer.

»Halt die Klappe, Arno! Du redest zuviel«, sagte der Zapfer aus dem Mundwinkel.

Biegel fragte ihn: »Wissen Sie vielleicht, wo ich Ria finden kann?«

»Nein. Woher denn?«

»Ist immerhin Ihre Kneipe, und Ria hatte einen Zettel da hinten an der Pinnwand, mit Adresse.«

»Sie ist umgezogen«, sprach er gegen den Zapfhahn.

»Und wohin?«

»Weit weg, Mann«, sagte er schroff. »Dies ist 'ne Kneipe, kein Auskunftsbüro.« Er drehte den Kopf zur Seite. »He, Norbert, Goffer! Was meint ihr dazu?«

Die Angesprochenen am Thekenende setzten sich in Bewegung. Sie kamen um den geschwungenen Tresen herum, schoben sich an den sitzenden und an den in zweiter Reihe stehenden Zechern vorbei und traten auf Biegel zu, einer lang und dünn, der andere untersetzt.

Jetzt erkannte Biegel die beiden Vögel, obwohl sie sich seit der ersten Begegnung im *Schalom* verändert hatten.

Der Bullige hatte seine Haare bis auf die Kopfhaut runtergeschoren, der Lange seine fettigen Zotteln zu einem mageren Schwänzchen im Nacken gebunden. Beide trugen Röhrenjeans, der Lange dazu eine speckige Weste, der Bullige ein ärmelloses Unterhemd. Er hielt die Arme angewinkelt und setzte seine Füße in der schlurfenden Art von Freistilringern.

»Ist 'ne Kneipe«, sagte er schleppend. Seine Stimme war weich und klangvoll wie die eines Synchronsprechers für Westernhelden. »Der soll einen ausgeben.«

»Genau. Mir auch«, kiekste sein Kumpel. »Oder haben Sie was gegen uns?«

»Warum sollte er wohl?« fragte der Ringer träge und baute sich vor Biegel auf. »Wie wär's mit einer Lokalrunde?«

Die übrigen Gäste an der Theke feixten. Egal, wie es ausging, Prügelei oder Bier für lau, hier bahnte sich die Krönung eines Sommerabends an.

»Lokalrunde, genau!« krähte der Lange. »Aber vielleicht mag er uns ja nicht.«

Er wippte auf den Absätzen, verzog sein pickliges Gesicht zu einem Grinsen, schwankte, tat, als könne er sich nicht auf den Beinen halten und trat Biegel auf die Füße. »Hoppla, feine Schühchen haben Sie an.«

»Machen Sie das nicht noch mal!«

»Haben Sie was gegen Arbeitsschuhe mit Stahlkappen?«

Biegel faßte in die Tasche. »Zahlen!« Er warf dem Zapfer, der mit ausdruckslosem Gesicht ein Glas polierte, das Geld zu. Die Münzen kollerten über die Theke, fielen auf das kupferne Spülblech. »Der Rest ist für Sie!«

Der Ringer stellte sich Biegel in den Weg. »Nicht so eilig, großer Meister, die Runde, die Lokalrunde!« Er sprach jetzt mit schwerer Zunge, blinzelte tückisch. »Wir wollten doch feiern, gemeinsam.«

Mit der Bemerkung lag er bei den Gästen natürlich richtig. Die Zecher am Tresen betrachteten Biegel als Spielverderber; eine Frauengruppe am nächsten Tisch schaute enttäuscht, als habe man sie um das Vergnügen gebracht, sich zu empören.

Biegel wollte einfach weggehen.

Auf halbem Weg zur Tür hatten ihn die beiden eingeholt. Kumpelhaft hakten sie sich unter. Der Schlaks hielt eine Bierflasche in der Hand. Der Ringer packte Biegels linken Bizeps, drückte zu, abschätzend, wie der Kenner die Festigkeit einer Avocado prüft. Seine Augen wurden eckig, und er lallte nicht mehr die Spur, als er flüsterte: »Wir bringen Sie noch zum Wagen, Chef.«

Biegel versteifte sich. An den Außenseiten seiner Arme und im Nacken stellten sich die Haare auf. Das war mehr als nur Spannung, er hatte Bammel. Dennoch schaffte er es, daß seine Stimme gleichmütig klang.

»Sehr aufmerksam«, sagte er ironisch. »Aber das ist wirklich nicht nötig.«

»Doch, doch!« Der Lange stieß ihm die Flasche in die Seite. »Ist 'ne gefährliche Gegend hier.«

Vor der Milchglasscheibe zeigten sich Schatten. Die Tür wurde aufgerissen. Ein Pulk neuer Gäste drängte herein. Die Rabauken mußten den Griff lockern.

Biegel überlegte nicht, er handelte. Mit einem Satz wischte er durch den Türspalt. Draußen schlug er mit aller Wucht, angetrieben von Wut und Furcht, die Tür hinter sich zu. Es krachte, zuerst dumpf, dann klirrend. Biegel sah sich um.

Er blickte in das Gesicht des Ringers. Es war umrahmt von einem Kranz aus zersplittertem Milchglas. Blut lief ihm von der Schädeldecke über die Stirn. Die Augen weit aufgerissen, hielt er den Kopf absolut starr.

Eine Sekunde, vielleicht zwei, blieb Biegel stehen. Die Gäste, die draußen gesessen hatten, sprangen auf.

»Mein Gesicht!« stöhnte der Ringer. Behutsam, um nicht mit den Scherben in Berührung zu kommen, zog er seinen zerschundenen Kopf zurück. »Pack dir das Schwein, Goffer!« brüllte er. »Los! Hinterher!«

Die Tür wurde aufgerissen. Der Schlaks erschien, in der Hand eine abgeschlagene Bierflasche.

Biegel grapschte sich eines der Fahrräder von der Hauswand. Das Rad war abgeschlossen. Er warf es dem anstürmenden Schlaks vor die Füße, griff nach dem nächsten Rad, schob es vier, fünf Stöße und schwang sich drauf. Mit gebeugtem Rücken, die Nase über dem Lenker, mit jedem Tritt einen halben Meter nach rechts und links schwingend, trat er in die Pedalen.

Er kam auch gut in Schwung. Doch nicht gut genug. Hinter sich hörte er Laufschritte, allen voran das Pochen von derbem Schuhwerk. Dann war der Kerl heran, riß am Gepäckträger und brachte das Rad beinahe zum Stehen.

Biegel lehnte sich weit nach vorne, stützte sich am Lenker ab und schwang seinen Fuß nach hinten. Der Absatz traf auf Widerstand. Der Kerl hinter ihm jaulte auf, das Pochen der Arbeitsschuhe verebbte.

Drei Querstraßen weiter hielt Biegel an. Er lauschte in die Ferne. Nichts, nur das Summen von Autoreifen. Und ganz nah das Rasseln seiner Lungen. Seine Hände zitterten, die Beine schmerzten von der Anstrengung.

Er blickte an sich hinunter. Feine Schühchen, voll mit Blut und Rotz. Erst jetzt fand Biegel Zeit, den weichen Widerstand und das zarte Knacken, das sein herumschwingendes Bein verursacht hatte, mit einem zertrümmerten Nasenbein in Zusammenhang zu bringen.

Es gab auch noch andere Zusammenhänge, eine ganze Menge sogar.

38.

»Was soll das?« Kaupp schüttelte unwillig den Kopf. »Den letzten Abschnitt noch einmal!«

Wadura spulte das Band zurück.

...meinen Reisepaß gestohlen. Falls ich nicht zahle, will er ihn verhökern. Mit einem europäischen Reisepaß kann man in Goa Geschäfte machen. Doch davon später. Zunächst mein Wochenbericht – denn i c h halte mich an unsere Abmachungen.

»Wieso betont er ›ich‹?« Bevor Wadura etwas erwidern konnte, sagte Kaupp: »Mal weiter!«

Goa ist der kleinste indische Bundesstaat, nicht viel größer als Luxemburg. Zusammen mit Daman und Diu war Goa vierhundertfünfzig Jahre lang portugiesische Kolonie. Panaji, die Hauptstadt, hat durchaus Mittelmeercharme. Alte Kirchen und über hundert Kilometer Traumküste, friedliche Bewohner und laxe Gesetze – Alkohol ist beispielsweise in der Öffentlichkeit erlaubt – machen Goa zu einem paradiesischen Flecken, in dem sich auch die Inder am liebsten von Indien erholen. Für die Freaks ist es eh der Nabel der Welt.

Seit in den sechziger Jahren die Hippies an Goas berühmten Feinsandstränden ihre Hütten aus Palmwedeln errichteten, riß der Strom der Nachahmer nicht ab. Anfang der Siebziger kamen die Aussteiger, die hier zwar nicht den Sinn des Lebens fanden, jedoch billige Drogen. Ihnen nach zogen die Flippurlauber, Reiseschecks im Brustbeutel, die Hirtenflöte im Hosenbund. Dem bunten Völkchen der Trampschickeria folgten die Pauschaltouristen. Vorläufig letzte bei diesem Rattenschwanz sind reiche Sikhs aus dem Pandschab, die nun an den Stränden mit den Halbnackten und Ganznackten entlangstolzie-

ren, Turban auf dem Kopf, die Augen niedergeschlagen, aber die Kamera stets knipsbereit. Rosarotes Fleisch und blonde Mösen sind für sie so exotisch wie für übersättigte Europäer die Slums von Kalkutta.

Geblieben, wenngleich verfälscht, sind die legendären Strandpartys. Bei Vollmond trippelt die Internationale der Ausgeflippten auf verschlungenen Pfaden hin zum Anjuna-Beach. Über der Bucht schwebt dann eine süßliche Haschwolke, und aus kleiderschrankgroßen Lautsprechern, die eine englische Rockgruppe hinterlassen hat, dröhnt die Musik. Durchgeknallte Mütter tanzen da mit ihren Kindern auf dem Arm, Biedermänner, die vor einer Woche noch hinterm Schalter einer Sparkasse standen, hocken im Sand und stieren Löcher in die Luft, weil sie das für Meditation halten. Und immer wieder passiert es, daß einer aus der Gemeinde, der glaubt, ihm seien Flügel gewachsen, sich von den Klippen stürzt, jedoch nicht im mondhellen Wasser landet, sondern auf den vorgelagerten Felsen.

Wesentlich schlimmer als diese harmlosen Narren sind die abgewichsten Typen, die an der Nadel hängen, die nicht mehr weiter wollen oder nicht mehr weiter können, die betteln, stehlen und betrügen, die mit Haschkeksen und Tonpfeifen nur deshalb hausieren, um in den Häusern bei günstiger Gelegenheit einen schnellen Griff zu wagen; die einem Baby die Nuckelflasche aus dem Mund reißen würden, um sie auf dem Flohmarkt von Panaji feilzubieten.

Langsam nähere ich mich wieder meinem Thema.

Gestern in aller Frühe kommt Axel, den ich auf dem Campingplatz in Delhi kennengelernt habe, bei mir vorbei und sagt mit geheimnisvoller Miene, daß er mir was zeigen will. Er führt mich zum Baga Beach. Dort, wo der Fluß ins Meer mündet, hat Axel die Hütte eines Fischers gemietet. Hinter dem Haus ist ein Gehege, in dem eine Menge Abfall liegt, das der Vermieter für seine Schweine hinwirft. In einer Ecke, zwischen Bananenstauden, liegt ein langes Bündel. Beim Näherkommen erkenne ich, daß es ein Schlafsack ist. Vor Schreck bleibe ich wie angewurzelt stehen. Das Gesicht, das aus dem Schlafsack herausschaut, sieht aus wie eine riesige, von Schnecken befallene Erdbeere.

›Hübsch, was?‹ grinst Axel mich an. ›Habe den Dreckskerl dabei überrascht, wie er meinen Schlafsack, in dem ich meine Kohle eingenäht hatte, aufschlitzte. Zuerst wollte ich ihn zur Polizei bringen. Dann kam mir ein besserer Gedanke: Ich schnappte mir den Burschen, steckte ihn in den Sack, so daß nur der Kopf rausguckte, dann zugebunden und ihn hier zur Ruhe gelegt. Mit den Krabben, die nachts vom Meer kommen und sich am Abfall mästen, kenne ich mich ja nicht so gut aus. Aber die Ameisen werden sich ganz sicher über die Marmelade gefreut haben, die ich dem Schwein ins Gesicht geschmiert habe.‹

Ich gucke mir den Typ an, die irren Augen, erkenne ihn aber erst, nachdem Axel ihn aus dem Schlafsack gezogen hat. Es ist Kobra, ein Fixer. Seinen Spitznamen hat er weg, seit er mal hinter einer Schlange hergerannt ist, sie auch erwischte und sich beißen ließ. Das sollte ihm den Superschuß geben. Seitdem hat Kobra einen Arm, der aussieht wie ein knorriger Ast. Und an seinem Arm habe ich ihn erkannt.

›Jetzt bist du dran‹, sagt Axel, der weiß, daß Kobra meinen Reisepaß gestohlen hat. Aber Selbstjustiz ist nicht meine Sache. Zusammen bringen wir den Dieb zur Dorfpolizei von Calangute. Die Polizisten, dachte ich, könnten herauskriegen, wo er meinen Paß versteckt hat.

Sie sperrten ihn auch ein; doch nach ein paar Stunden brüllte er wie ein Vieh, weil ihm die Spritze fehlte. Das ging den Beamten derart auf die Nerven, daß sie ihn wieder laufenließen. Hätte ich mal auf Axels Rat gehört. Denn mittlerweile hat Kobra den Auslösepreis für mei-

nen Paß verdoppelt. Außerdem will er mir, falls ich nicht zahle, eine Giftschlange in den Schlafsack stecken. Das also ist meine Situation.

Ein paar Sekunden lief das Band leer.

»Ende?« fragte Kaupp.

»Nein«, sagte Wadura. »Nur eine Pause.«

Als Achim sich wieder meldete, hatte seine Stimme einen hinterhältigen Unterton.

Ich habe mir die Geschichte noch einmal angehört. Vielleicht ist sie ein bißchen zu hart für die Hörer, ab…

»Noch mal zurück!« rief Kaupp.

…angehört. Vielleicht ist sie ein bißchen zu hart für die Hörer, aber Sie werden schon was draus machen. Tja, sicher sind Sie gerade über das Wort Hörer gestolpert. Ich will Ihnen was verraten: Es gibt Trampelpfade der Weltreisenden, vergleichbar den Ameisenstraßen, wo die Kommenden und die Gehenden sich kurz berühren, Nachrichten, Tips und Warnungen austauschen. Und eine dieser Ameisen hat mir was von den erfolgreichen Reklamespots erzählt:

Ein authentischer Reisebericht von unserem Globetrotter Achim Droste. Hahaha!

Nee, lustig finde ich das gar nicht. Die Freaks nennen mich jetzt ein Kommerz-Schwein, die Tramper einen Scheiß-Touristen. Für die Ameisen in Goa bin ich nun so etwas wie ein wandelnder Picknickkorb. Wäre ja nicht so schlimm, wenn man mich teilhaben ließe an dem Erfolg.

Also, wie wäre es mit einer Lohnerhöhung, Herr Kaupp?

»Der Kerl wird unverschämt«, platzte Kaupp heraus.

»Es kommt noch dicker.«

Ich meine, zuzüglich der zweitausend Mark, die ich brauche, um meinen Paß wiederzukriegen. Sonst kann ich ja nicht weiterreisen für Sie, das verstehen Sie sicher. Schreiben Sie ruhig an die alte Adresse: c/o Tito de Souza, Baga Beach und so weiter. Ihre beste Antwort allerdings wäre eine Überweisung an die State Bank of India, Filiale Calangute, Goa. Und: Es sollte nicht zu wenig sein!

Wadura drückte die Pausentaste. »Ohne Paß kann er nicht weiter. Was machen wir?«

Kaupp stützte die Ellbogen auf den Schreibtisch und sein Kinn in die Handflächen. »Nichts!« blaffte er. »Soll er doch verrotten da unten. Sofern die Geschichte mit dem gestohlenen Paß überhaupt stimmt.«

»Hier ist die Diebstahlsanzeige.« Aus dem gefütterten Briefumschlag zog Wadura zwei Polaroids und ein auf englisch abgefaßtes Schreiben mit Polizeistempel. »Wir müssen ihm helfen. Im Vertrag steht...«

»Vertrag!« polterte Kaupp los. »Soll der Kerl doch prozessieren. Ich lasse mich nicht erpressen.«

Auf Wadura Gesicht erschien ein genüßlicher Ausdruck. Er löste die Pausentaste und sagte: »Das Band ist noch nicht zu Ende.«

Und denken Sie nicht, ach, der Typ ist ja weit weg! Sonst muß ich mir was einfallen lassen, Herr Kaupp.

Die Niedertracht in Achims Stimme war so groß, daß es beinahe träumerisch klang, als er sagte:

Oh, Mann, jetzt stelle ich mir Ihr Gesicht vor, fett, rosig und abweisend.

Vom Band ertönte Grunzen und Schmatzen, dann wieder Achims Stimme:

Richtig geraten. Das kommt von den schwarzgefleckten Goa-Schweinen. Durch Sondereingänge in der Rückwand können diese schlanken Tiere in die freistehenden Plumpsklosetts kriechen. Mit Behagen machen sie sich über das her, was über eine Schräge nach unten platscht und schlittert. O ja, die Süßen haben einen ausgezeichneten Geruchssinn und sind eilfertig zur Stelle, wenn auf den Donnerbalken etwas für sie abfällt. Praktisch ist das; denn die ordentlichen Tiere geben keine Ruhe, bis alles sauber geschleckt ist. Und manchmal, besonders nach ausgedehnten Vollmondfesten, sieht man die Niedlichen durch den Sand torkeln. Dann sagen die Freaks voller Stolz: ›Mann, habe ich gestern einen durchgezogen, guck mal, mein Schwein ist high!‹

Ist doch ein journalistischer Leckerbissen, was ich Ihnen hier biete, oder?

Kaupps Hals war angeschwollen, seine Stimme ein Krächzen. »Der ist ja pervers!« Er gab Wadura ein Zeichen. »Weg! Weg damit!«

Wadura nahm die Hand von seinem Mund, ein schäbiges Grinsen wurde sichtbar. Langsam bewegte er seinen Arm zum Kassettengerät, streckte den Zeigefinger, zögerte noch ein, zwei Sekunden, bis er endlich die Stopptaste drückte. Die Bewegungen waren tranig und zäh, so anmaßend wie sein Herummatschen auf dem Kaugummi.

Kaupp sog hörbar die Luft ein. »Ich will überhaupt nichts mehr hören!« schnaufte er. »Wir werden die ganze Sache abblasen.«

»Aber die Werbespots sind erfolgreich. Mit der Kampagne sind wir Anwärter auf den Preis des Art Directors Club.« Waduras braune Augen hatten wieder den ergebenen Blick eines Hundes, der aus dem Tierheim befreit worden ist. »Außerdem wartet der Sender auf neues Material.«

»Von diesem Achim können wir sowieso nichts mehr erwarten. Machen Sie von dem nächsten Band, das Les Winterscheid aus Afrika schickt, noch zwei oder drei Spots, und dann ist Schluß. Man muß auch wissen, wann eine Sache ausgereizt ist.«

39.

»Life, Shamus said, existed only in excess. Who wants enough for Christ's sake? Who wants the twilight when he can have the fucking sun?«

Ria legte einen Bleistift zwischen die aufgeschlagenen Seiten, bevor sie das Buch zuklappte. Es war »The Naive and Sentimental Lover« von John le Carré. Nacheinander blickte sie ihre drei Englischschüler an, ein junges Pärchen und eine ältere Frau in lindgrüner Rüschenbluse.

»Das Leben besteht nur im Exzeß«, begann die ältere Frau. »Wer, um Himmels willen, wird sich mit Dämmerlicht begnügen, wenn er die Sonne...« Sie brach ab, nestelte an den Knöpfen ihrer Bluse und blickte sich hilflos um. »Ehm, ja, wie übersetzt man fucking sun«, rang sie sich durch.

Das junge Mädchen kicherte, ihr Freund sagte: »Bumsende Sonne.« Alle lachten, Ria am meisten.

Sie legte das Buch zur Seite, nahm ein anderes vom Tisch.

»In der deutschen Ausgabe, hier, Seite 183, steht nur: ›die Sonne‹. Ein bißchen fade, blaß, ohne Würze – finde ich.« Sie krauste die Nase. »Aber was meint ihr? Überlegt doch mal! Inzwischen mache ich einen Tee.«

Die Schüler atmeten auf, streckten sich, rückten die Stühle.

Ria ging in die kleine Küche. Nachdem sie einen Kessel mit Wasser auf die Herdplatte gesetzt hatte, brachte sie Teetassen, ein Stövchen, Kandis und Waffelgebäck in den Wohnraum. Auf dem Rückweg blieb sie in der Küchentür stehen und hörte zu.

»Ich dachte, le Carré schreibt nur Spionageromane… Life in excess… Übermaß und Ausschweifung… das Mehr im Gegensatz zur Mäßigung… Orgie, sich tummeln im prallen, geilen Sonnenlicht…«

Als der Junge sah, daß sie zuhörte, wurde er verlegen.

Ria drehte sich um und schaltete das Radio ein. Aus dem Lautsprecher tönten Motorbrummen, Fahrgeräusche und darüber Les' Stimme.

…in Korogwe füllen wir die Treibstoffvorräte auf. Für die Kilimandscharo-Tour müssen wir mit fünf bis acht Tagen rechnen. Das Dorf Marangu liegt dreizehnhundert Meter hoch. Fahrerwechsel. Die Piste wird enger. Regengüsse haben die rotbraune Erde von den Hängen geschwemmt. An einigen Stellen müssen wir uns freischaufeln. Langsam, aber stetig packt der Wagen die Steigung. Dann sind wir durch den Dunstschleier und sehen das Land aus der Vogelperspektive: Gazellen und Büffel und Gnus in einem Meer aus gelbgrünem Steppengras.

Glück gehabt?

Mit gesteigerter Aufmerksamkeit, zuletzt gar mit rasendem Pulsschlag und verzerrtem Gesichtsausdruck hatte Ria zugehört. Jetzt, nach der merkwürdig angehängten Frage, entrang sich ihr ein Schrei: »Nein!«

»Was ist?« Die ältere Frau kam in die Küche gestürzt. Das Pärchen hinter ihr blickte sich erschrocken an.

Ria hielt die Hände gegen ihre Schläfen gepreßt, sie wimmerte nur noch: »Nein, bitte, nein!«

»Das war der 14. authentische Reisebericht unseres Globetrotters Les Winterscheid. Ja, Reisen und Abenteuer mit dem Vagabund von Kaupp-Caravans«, schwadronierte der Rundfunksprecher. »Weiter geht's mit den Oldies. Bob Dylan und ›Blowing in the Wind‹.«

Die ältere Frau schaltete das Radio aus. Das Teewasser begann zu summen.

40.

Als Wadura die Scheinwerfer seines Mustangs ausschaltete, fiel ihm auf, wie schwach die Deckenbeleuchtung der Tiefgarage brannte. Er ließ den Zündschlüssel in die Manteltasche gleiten und umfaßte den Griff der Pistole. Seit dem Abend mit dem einbetonierten Puppenarm im Kofferraum trug er sie ständig bei sich.

Seine Schritten hallten. Er trat fester auf; er ging in der Mitte zwischen den Stützpfeilern, schnell, jedoch nicht so schnell, daß es schon wie Laufen aussah. In letzter Zeit überkam ihm hier unten stets der Gedanke, jemand könne vor seiner Nase das Garagentor herunterlassen – dann säße er in der Falle.

Er wußte, daß diese Vorstellung unsinnig war, weil die Schließautomatik nur mit dem Hausschlüssel entsichert werden konnte. Zugang zur Garage aber hatten allein die Bewohner des Wohnblocks, und das waren durchweg brave Bürger von der Sorte, die im Winter eine Decke über den Kühler ihres Mittelklassewagens legt, um die Batterie zu schonen.

Am Ausgang ließ seine Anspannung nach. Er drückte den roten Knopf neben dem Garagentor und zog den Hausschlüssel ab. Hinter ihm begannen die Blechlamellen zu rattern. Bevor das Tor den Boden erreicht hatte, blickte Wadura kurz über die Schulter. Ihm war eingefallen, daß dies der Augenblick war, in dem sich jemand einschleichen konnte.

Es dämmerte. Ein scharfer Wind trieb Papierfetzen den Rinnstein entlang und versetzte die Bogenlampe an der Kreuzung in Schwingungen. Ein alter Mann führte einen Dackel spazieren, an einer Leine, die so lang war wie die Straße breit. Sonst war niemand zu sehen.

Wadura überquerte die Kreuzung. An der Ecke vor der Trinkhalle blieb er stehen, beugte sich zu der Durchreiche und verlangte Milch und Bratrollmöpse.

Das Muttchen drinnen legte das Kreuzworträtsel auf ihren Schoß, griff hinter sich in ein Regal und hielt ihm eine runde Konservendose hin. »Sollen es die guten sein, die mit Wacholderbeeren und Lorbeerblättern in französischem Weinessig?«

»Nee, Oma, ich möchte die ganz ordinären Bratrollis, die da aus dem hohen Glas, ja, genau die, und zwar fünf Stück davon. Und die Milch möchte ich in 'ner Tüte zum Wegwerfen und nicht in einer Pfandflasche, woher die Milch kommt und von welchen Kühen, ist mir schnurzpiepegal. Dazu drei Beutel Studentenfutter!«

Die Alte in ihrer Bonbonhöhle ließ sich nicht aus der Ruhe bringen. »Studentenfutter? Junger Mann, das gibt's doch schon ewig nicht mehr«, sagte sie vorwurfsvoll.

»Dann Negertaler. Oder Lakritzpfeifen, oder was weiß ich. Hauptsache, süß und klebrig.«

Zwei Typen in Jogginganzügen mit Kapuze rückten näher. Sie mußten außerhalb des Lichtscheins in einem Hauseingang gestanden haben. Einer war groß und schlank, der andere eher klein und stämmig. Wegen der albernen Kapuzen war von den Gesichtern nur soviel zu sehen, daß sie nicht den dumpf selbstzufriedenen Ausdruck der Amateursportler hatten.

Wadura spürte die abschätzenden Blicke. Er nahm die Plastiktüte von der Durchreiche, steckte das Wechselgeld in die Manteltasche, wo die Pistole steckte, und ließ seine Hand dort. Er ging weg. Durch die Typen sah er einfach hindurch.

Der Neubau, in dem Wadura wohnte, bestand aus

drei Blöcken, die in U-Form zueinander standen. Auf der eingerahmten Rasenfläche waren zwei Blumenbeete angelegt worden, die der Hausmeister mit Stacheldraht umzäunt hatte. Zu den Hauseingängen führte ein mit Steinplatten ausgelegter Weg. Am Rasenrand, im Schutz einer umrankten Holzlaube, standen die Mülltonnen. Nach Einbruch der Dunkelheit hielten sich dort auch knutschende Pärchen auf, junges Gemüse, das noch kein Auto hatte und sich durch den fauligen Geruch von ihrem Geturtel nicht abhalten ließ.

Der Bau hatte neun Stockwerke, Wadura wohnte im vorletzten. Er nahm den Aufzug. Die Wände waren mit einem Hinweis auf den Reparaturdienst, einem Rauchverbot sowie einer Plakette des Rheinisch-Westfälischen TÜV verziert, aber nicht ein einziges obszönes Wort.

»Spießerpack!« murmelte Wadura. Selbst sein Graffito

WARUM DAS –
WARUM ÜBERHAUPT WAS?

war weggewischt worden. Ein Haus mit lebenden Leichen, plus Blockwart!

Wadura schloß die Tür seines Apartments auf, trat ein.

»Uli, Uli«, krächzte der Papagei. Er hatte sich, wie es Papageienvögel tun, die lange allein sind, einige Federn ausgerissen.

»Na, du häßlicher Vogel, wie war's. Herrchen ist wieder zu Hause, ja, ja, ja.« Waduras Stimme war nicht ohne Zärtlichkeit. Noch im Mantel gab er dem Vogel Futter. Anschließend schob er die Pistole in die Halterung am Käfigboden.

Er trat ans Fenster. An der Trinkhalle stand nun eine junge Frau, die Bierflaschen in einem Körbchen verstaute, Nachschub für den Fernsehabend. Die beiden Typen waren verschwunden. Wadura entspannte sich.

Mit Heißhunger begann er, die Bratrollmöpse zu essen; so wie es sein mußte, direkt aus dem Pergamentpapier, mit den Fingern, über den Spülstein gebeugt. Trotzdem lief ihm die Essigsoße über das Kinn und in den Hemdsärmel.

Er kaute, blickte zur Tür, hörte auf zu kauen.

Draußen auf dem Gang hatte etwas geklirrt. Auf den Kanten seiner Cowboystiefel schlich Wadura zur Tür. Er würgte den Bissen runter, lauschte.

Schritte näherten sich, blieben stehen, Scharren an der Wand. Jemand flötete einen Tango. Es klopfte, eine Stimme rief:

»Señor Wadurra. Ich bin's, Jaime Ortega, Ihr Nachbar, habe Problemas.«

Der Musiker aus Argentinen, der halb meschugge vor Heimweh die Umwelt mit seinen Tangoplatten verpestete, betrunken, wie Wadura an der Stimme erkannte.

»Momento!« Wadura drehte den Schlüssel, er drehte den Türknauf.

Die Tür kam ihm sofort entgegen. Von der Wucht, mit der sie aufgestoßen wurde, prallte Wadura drei Schritte zurück. Er taumelte. Ehe er sich fangen konnte, wurde ihm der Arm auf den Rücken gedreht, sauber, kraftvoll und gekonnt wie von einem altgedienten Bullen aus der Antidemomannschaft.

41.

»So, da sind wir!«

Es waren die beiden Jogger von der Trinkhalle.

»Kleiner Trick«, kiekste der Lange vergnügt. Er hatte lebhafte Augen und das vorspringende Kinn einer Kasperfigur, sah aber alles andere als lustig aus.

»Hört mal, was...«

»Sachte, Mann, sachte, keine Aufregung.« Die Stimme des anderen war sanft wie die eines farbigen Sängers. Er streifte die Kapuze der Flauschjacke zurück. Auf seiner kahlgeschorenen Schädeldecke leuchteten zwei frische Narben.

»Jungs, der Fuffziger, mit dem ich am Büdchen eben bezahlt habe, war mein einziges Bargeld. Und Sportlerdrinks habe ich nicht im Haus.«

»Hörst du, Norbert, der glaubt, wir wären hier zum Spaß.«

»Der tut nur so; der weiß, was wir wollen«, sagte der Stämmige im Plauderton. Er quetschte Waduras Arm. »Na?«

»Der Mörtel im Kofferraum.«

»Genau. Und jetzt wollen wir die Kassette.«

»Was für eine Kas –«

Der Schmerz nahm Wadura den Atem. Sein Bein knickte weg. Aus dem Stand, ohne jeglichen Ansatz hatte der Lange mit den schweren Arbeitsschuhen zugetreten. Er sagte: »Beim nächstenmal treffe ich haargenau dieselbe Stelle. Bist einer, der nicht auf Warnungen hört, was?«

Er machte einen Stepschritt.

»Da steht das Gerät; bedient euch.« Vorsichtig verlagerte Wadura das Gewicht, prüfte, ob er sein Bein belasten konnte. Sauer stieß ihm der Hering auf. Er fragte: »Kann ich mich setzen?«

Der einzige Stuhl in dem Raum stand neben dem Vogelbauer. Der Stämmige drückte Wadura auf den Sitz und blieb dicht neben ihm. Der Lange schaltete das Abspielgerät ein:

zieh'n die Fischer mit ihren Booten
aufs Meer hinaus...

»Mensch, hat der einen Geschmack!«

»Der versucht witzig zu sein«, sagte der Stämmige, ruhig fügte er hinzu: »Mach mal das Fenster auf, Goffer!« Ebenso ruhig, fast gemütlich sagte er zu Wadura: »Ich frage jetzt noch einmal, großer Meister. Wenn die

Antwort nicht gut ist, steht morgen was in der Zeitung von einem Selbstmord in einem Hochhaus: Mann aus dem Fenster gesprungen – kapiert?«

»Ich weiß wirklich nichts.«

»Komm, wir zeigen ihm mal die schöne Aussicht!« Der Stämmige war hinter den Stuhl getreten, hatte Waduras Arme nach hinten gedreht und hielt sie an die Lehne gepreßt. Der Lange schnappte sich Waduras Beine. Gemeinsam trugen sie ihn zum Fenster.

»Schau da runter, großer Meister! Acht Stockwerke!«

Wadura blickte auf die mit Stacheldraht umgebenen Blumenbeete, die von oben wie Augen aussahen; er blickte auf die Steinplatten. Zwar konnte er sich nicht vorstellen, daß die beiden Ernst machen würden, aber sicher war er sich da auch wiederum nicht. Der Stuhl kippte.

»Nein! Nein! Laßt mich!«

Der Stuhl neigte sich weiter nach vorne.

»Jungs, ich such' sie euch raus.«

»Nicht nötig. Sag uns nur, was drauf steht!«

»Vierzehnter Bericht.«

Der Stämmige brachte Wadura samt Stuhl zurück zum alten Platz. Sein Partner stapfte über die Matratze, trat gegen herumliegende Wäsche, leere Konservendosen und Tüten mit Vogelfutter. Er beugte sich zu den Kassetten, kramte eine hervor, legte sie ein, ließ sie ein Stück zurücklaufen, drückte die Starttaste. Es war das gesuchte Band. Les sprach; seine Stimme klang eigentümlich ruhig und gefaßt:

...keine Schmerzen, im Gegenteil, eine Art Glücksgefühl. Erst als Philipp sich über mich beugte, erschrak ich. Er hatte eine klaffende Wunde an der Stirn.

Es sah schlimmer aus, als es war. Eine Narbe ist davon geblieben, sonst nichts. Und ich? Es stimmt, ich hätte tot sein können. Statt dessen: Zur Hälfte lebe ich noch. Ich kann meine linke Hand bewegen, ich kann sehen, ich kann hören und sprechen. Aber habe ich deswegen Glück gehabt?

Als der Lange sich umdrehte, war sein Gesicht wie versteinert. Er faßte unter das Gummiband seiner Joggingjacke und holte ein Paar Schweißerhandschuhe hervor. Wortlos ging er auf den Käfig zu. Mit der Rückhand strich er über die Gitterstäbe. Der Papagei, der bisher vor sich hingedämmert hatte, klappte ein Augenlid hoch, so langsam, wie sich ein Garagentor öffnet.

»Uli, Uli!« krächzte er.

Wadura sprang auf. »Nicht den Vogel, bitte, wir können über alles sprechen.«

»Sprechen? Dir Wortwichser kitsch' ich die Beine weg!« drohte der Lange.

»Sachte, Goffer!« beruhigte ihn sein Partner. »Unser Freund ist ein Werbekünstler, bei Künstlern mußt du die Phantasie anreizen.« Er grinste tückisch. »Wirf mal einen rüber!«

Er fing den Handschuh auf, zog ihn sich über. Dann griff er in die Lampe, die Wadura als Wärmequelle für den Papagei immer brennen ließ, drehte die Birne aus der Fassung und ging zu dem Tisch, auf dem die Bratrollmöpse lagen. »Wir haben den Herrn eben bei der Abendmahlzeit gestört, vielleicht will er ja weiteressen«, bemerkte er höhnisch.

Mit einem Knall zersplitterte die Glühbirne. Wadura hörte, wie die Scherben zerbröselt wurden. Dann drehte sich der Stämmige um. Zwischen Daumen und Zeigefinger des Lederhandschuhs hielt er Wadura einen Rollmops hin. Die Augen in dem Rundschädel waren schmal und voller Bosheit.

»Friß!« befahl er.

Wadura schluckte. Sein Mund war trocken. Er spürte, wie ihm der kalte Schweiß aus den Achselhöhlen rann.

»Genau!« kiekste der Lange. Vor Ungeduld tänzelte

er auf der Stelle, machte dann einen Stepschritt und trat Wadura mit der Stahlkappe seines Schnürschuhs gegen das Schienenbein. Tränen schossen Wadura in die Augen. In den vor Schmerz aufgerissen Schlund, stopfte ihm der Stämmige den Rollmops. »Erst kauen, dann schlucken!« mahnte er.

Wadura kaute, zögernd, darauf gefaßt, daß ihm die Glasscherben der Glühbirne Zunge und Gaumen zerschneiden würden. Nichts geschah. Durch den Tränenschleier vor seinen Augen sah er, wie sich seine Peiniger amüsierten.

»Vielleicht ist ja in dem nächsten was drin.«

»War nicht meine Schuld, Jungs, war auch nicht meine Idee«, winselte er. »Doch ich bring' die Sache zu Ende, ich schwör's euch.«

Wadura fiel auf die Knie. Der Käfig, der an einer Metallkette von der Zimmerdecke hing, befand sich jetzt seitlich über ihm. Er hob die Arme, eine Geste des Erbarmens – und dann, von einer Sekunde zur anderen, hielt er die Pistole in der Hand. Mit einer einzigen glatten Bewegung hatte er sie aus der Halterung gerissen.

Er umklammerte die Waffe mit beiden Händen, schrie: »So, Jungs, die Party ist zu Ende. Das Ding hier in meiner Hand ist geladen.«

Immer noch auf den Knien, richtete er den Pistolenlauf auf den Bauch des Langen. »Leg die Kassette hin, und dann raus! Raus, sage ich!«

»Sachte, Mann, sachte. Wir gehen ja schon.« Der Stämmige machte eine halbe Drehung, so träge, wie ein alter Papagei sein Augenlid schließt. Doch die zweite Halbdrehung kam blitzschnell.

Bevor Wadura den Sicherungsbügel vorschieben, bevor er abdrücken konnte, traf ihn der Fuß am Handgelenk. Die Pistole schlitterte über den Boden, der Stämmige nahm sie auf, prüfte das Magazin und sagte ohne sonderlich beeindruckt zu sein: »Stimmt, geladen war sie, aber nicht entsichert.«

»Mensch, 'ne echte Knarre, 'ne Walther PPK«, sagte der Lange. »So ein Stinkstiefel! Dafür muß ich doch glatt noch mal Maß nehmen.«

Er leckte sich die Lippen, schuffelte auf der Stelle, holte weit mit dem schweren Schuh aus. Wadura versuchte sich zusammenzureißen, schaffte es aber nicht. Seine Blase gab nach. Warm lief ihm die Pisse am Bein entlang.

»Laß ihn, Goffer!« sagte der mit der sanften Stimme. »Guck mal, wie er zittert! Der ist Künstler, der hat Phantasie, der hat Angst, der weiß, was ihm blüht.«

42.

Kaupps Hand umkrampfte den Tefonhörer wie einen Rettungsring. Obwohl zwischen ihm und dem Schlafzimmer seiner Frau zwei geschlossene Türen lagen, dämpfte er seine Stimme zu einem eindringlichen Flüstern.

»Du hättest sehen müssen, wie der heute gegen Mittag in die Firma kam, humpelnd, grüngelb im Gesicht, mit einem Blick als wäre er einem Gespenst begegnet. Was genau passiert war, wollte er mir nicht sagen. Aber er hat mich bekniet, die Kampagne augenblicklich abzubrechen. Danach ist er losgefahren, angeblich, um die zusammengeschnittenen Bänder selbst vom Rundfunksender abzuholen. Eingetroffen ist er dort jedoch nicht. Dafür fehlen in seinem Büro einige seiner persönlichen Dinge. Ich bin fast sicher, daß er an seinem Arbeitsplatz nicht mehr auftaucht; Wadura hat sich aus dem Staub gemacht. Ich sage dir, Biegel, der ist zerstört, restlos fertig, der hat…«

»Angst«, sagte Biegel trocken.

»Ja.«

»Und du? Willst du auch endlich aufhören?«

»Deswegen hab' ich doch angerufen, so spät noch, das lag mir auf der Seele.«

»Dann ist ja alles in Ordnung. Gute Nacht!« gähnte Biegel

»Warte, häng nicht ein! Da ist noch was.«

»So?«

»Du hast selbst mal gesagt, die Sache liefe sozusagen automatisch, Eigendynamik war dein Wort. Also, bevor das endgültig gestoppt ist... ich meine, diese Rüpel, die könnten inzwischen doch noch... Du weißt, unser Haus liegt recht einsam.« Kaupp blickte durch die Scheiben der Verandatür. Fahles Mondlicht lag auf den Rosenstökken. Wind bewegte die Zweige der mannshohen Edeltannen.

»Hmm, ja – das weiß ich«, sagte Biegel mit merkwürdigem Unterton.

Überheblichkeit oder gar Schadenfreude? Und wenn schon! Kaupp wischte alle Bedenken beiseite, demütig bat er: »Biegel, alter Freund, hilf mir!«

»Nun ja, aber wie?«

»Ich dachte, daß du womöglich einen Verdacht hast, wer der Drahtzieher ist. Vielleicht könntest du -«

»Mal sehen, vielleicht«, sagte Biegel sehr gedehnt und hängte ein.

Kaupp löschte das Licht. Er ging zurück zu dem Sessel und starrte durch die Verandatür nach draußen. Das Mondlicht war heller geworden. Die Schatten fingen an, sich zu bewegen. Nach einer Weile brannten ihm die Augen, dann sackte er weg.

Ein Geräusch ließ ihn zusammenfahren. Wieder stierte er in die Nacht. Als er schließlich nach mehrmaligem Hochschrecken fest einschlief, dämmerte bereits der Morgen.

43.

»War gar nicht so leicht, Sie zu finden«, sagte Biegel. Er sah sich um. Die Wohnung war klein, zwei Räume mit schrägen Wänden, das Licht fiel durchs Mansardenfenster.

»Warum sind Sie überhaupt gekommen?« fragte Ria, und sarkastisch fügte sie hinzu: »Eine Einladung zum Essen oder wieder mal eine Wettreise?«

»Bitte!« Biegel hob die Hände. »Ich möchte die Sache zu Ende bringen – auch im Namen meines Freundes. Keine Abenteuerberichte mehr, keine Werbespots: Schluß, Punkt, aus.«

»Ach, zu Ende bringen. Hah! So einfach, glauben Sie, geht das? Sie meinen, man kann Menschen einfach anschalten und abschalten, wie… wie man Toaster an- und abschaltet oder Radios.«

Betont ruhig sagte er: »Ich dachte, es sei in Ihrem Sinne und auch im Interesse Ihres Bruders, die Angelegenheit in Ordnung zu bringen.«

»In Ordnung bringen, so, meinen Sie? Dann hören Sie sich das mal an!«

Ria ging zu dem billigen Radiorecorder, der auf einem Bücherregal aus Brettern und Ziegelsteinen stand. Sie legte eine Kassette ein, drückte die Starttaste, drehte sich um und verschränkte die Arme.

Aus dem Lautsprecher tönten Motorbrummen, Fahrgeräusche und darüber Les' Stimme.

…Fahrerwechsel. Jetzt sitzt Philipp am Steuer; er ist mit dem Fahrzeug besser vertraut. Die Piste wird enger. Neben mir geht es senkrecht in die Tiefe. Regengüsse haben die rotbraune Erde von den Hängen geschwemmt. An einigen Stellen müssen wir uns freischaufeln. Die spekkige Erde klebt am Spaten, kleistert die Profile zu. Weiter! Nur noch bis zur nächsten Biegung. Wir hoffen, daß

dahinter eine Ausbuchtung ist, wo wir wenden können. Philipp achtet darauf, daß die Räder nicht stehen bleiben, spielt mit Gas und Kupplung. Langsam, aber stetig packt der Wagen die Steigung.

Dann sind wir durch den Dunstschleier und sehen das Land aus der Vogelperspektive: Gazellen und Büffel und Gnus in einem Meer aus gelbgrünem Steppengras. Die Affenbrotbäume mit ihren bis zu zwanzig Meter dicken Stämmen, sehen von hier oben aus wie Brokkolistrünke. Über den Baobab erzählt eine schöne ostafrikanische Legende, daß der Teufel den Affenbrotbaum aus dem Boden gerissen und mit den Wurzeln nach oben in einen Krater...

Paß auf! Philipp, wir rutschen!

Die letzten Worte waren voller Schrecken hinausgeschrien worden. Danach folgten die Geräusche eines abstürzenden Wagens, wie sie vom Mikrofon des eingeschalteten Tonbandgeräts aufgenommen worden waren.

Als Les sich nach einer Pause wieder meldete, war seine Stimme völlig verändert. Er sprach ruhig und gefaßt, beinahe abgeklärt.

Ich habe die Aufnahme bis zu dem Absturz ein Dutzendmal angehört. Es fällt mir schwer, danach einen Anfang zu finden. Mir ist aufgefallen, wie wichtig die allerersten Worte sind; sie bestimmen den Ton des ganzen folgenden Berichts. Beginne ich nun mit dem Wort Krankenhaus, oder stelle ich das Wort Kilimandscharo an den Anfang? Ach, am besten halte ich mich an die gewohnte Art der Berichterstattung.

Schon am ersten Tag unserer Bergtour...

Ria ging vor dem Radiorecorder in die Hocke, stoppte die Kassette, ruckte sie zweimal nach vorn, dann hatte sie die richtige Stelle gefunden.

...wir rutschten ins Bodenlose. Den Aufprall bekam ich schon nicht mehr mit, oder ich habe ihn vergessen.

Ich wachte auf, blickte in den Himmel. Der Wagen stand direkt über mir, mit der Bodenplatte auf dem Buschwerk. Die Türen waren offen, unsere Gepäckstükke um mich verstreut. Ich spürte keine Schmerzen, im Gegenteil, eine Art Glücksgefühl. Erst als Philipp sich über mich beugte, erschrak ich. Er hatte eine klaffende Wunde an der Stirn.

Es sah schlimmer aus, als es war. Eine Narbe ist davon geblieben, sonst nichts. Und ich? Es stimmt, ich hätte tot sein können. Statt dessen: Zur Hälfte lebe ich noch. Ich kann meine linke Hand bewegen, ich kann sehen, ich kann hören und sprechen. Aber habe ich deswegen Glück gehabt?

Ria kämpfte mit den Tränen, ihre Lippen bebten. »Wollen Sie mehr hören?« fragte sie leise.

»Ja.«

Das Band lief weiter.

...manchmal stehe ich auf, springe einfach so aus dem Bett. Bis ich dann merke, daß ich die Bewegung nur in Gedanken ausgeführt habe; in Wirklichkeit werde ich ja nie mehr aufstehen können.

Ja, die Phantasie ist nun mal besser als die Wirklichkeit – auch beim Reisen, das ist mir bei dieser Tour so richtig klar geworden. Namen wie Daressalam und Bagamoyo, wie ließen die meine Haut prickeln! Ich brauchte nur die Augen zu schließen, dann hörte ich das Tam-Tam der Buschtrommeln und Vogelkreischen, sah Schmetterlinge wie aufgeschlagene Zeitungen durch die Luft gaukeln und Leoparden durch das Unterholz streifen.

Timbuktu, Niamey: Nie dachte ich bei diesen Namen an weggeworfene Cola-Dosen, an Hütten aus Auto-

wrackteilen, an Transistorradios, die westliche Schlager plärren. Heute, nachdem ich dort gewesen bin, fällt es mir schwer, n i c h t daran zu denken.

Die Globetrotter reisen ihren Träumen nach; sie finden die Wirklichkeit, sind enttäuscht und jagen weiter. Was sie zu Hause erzählen, ist schon verfälscht. Und wenn ich mich nicht irre, trage auch ich im Moment zu einer Fälschung bei. Egal, wie ich es drehe und wende, mein Unfall wird zum Erlebnis, zum Abenteuer. Kaum einer wird sich dadurch abschrecken lassen, so leichtsinnig zu sein wie Philipp und ich. Nun, mir ist die Entscheidung abgenommen. Reisen findet demnächst nur noch in meinem Kopf statt.

Stille.

Weder Ria noch Biegel sagten etwas. Nach ein, zwei quälend langen Minuten machte er ein paar zögernde Schritte auf sie zu. Für einen Augenblick sah es aus, als wolle er sie in die Arme nehmen; für einen Augenblick sah es aus, als erwarte sie das. Biegel blieb stehen, wußte nicht, wohin mit seinen Händen, blickte hilflos, räusperte sich und sagte dann:

»Wie schrecklich! Ich wußte nichts davon.«

Sie schwieg.

»Es tut mir leid!«

Sie sagte noch immer nichts.

»Sie glauben, daß es meine Schuld ist.«

»Meine auch.«

»Wahrhaftig, ich hab's versucht, aber ich konnte das Spiel nicht aufhalten.«

»Ich hab's auch versucht, mit unzureichenden Mitteln«, sagte sie bitter.

»Die Warnung im Wald, die zerstochenen Reifen?«

»Stimmt, ich war dabei.«

»Und die beiden Schläger im *Schalom*?«

»Bekannte von mir, Freunde meines Bruders, keine

Schläger. Als ich den letzten Werbetext im Radio hörte, besonders dieses angehängte ›Glück gehabt‹, da wußte ich, daß etwas Schreckliches passiert war. Ich mußte das Originalband haben. Bei Wadura haben Norbert und Goffer es gefunden – und noch etwas.« Sie bückte sich zu dem Regal, faßte hinter das Radio, drehte sich wieder zu Biegel um und sagte: »Das hier.«

»Eine Pistole!«

»Ich habe mir die Handhabung erklären lassen«, sagte sie mit seltsam gelöster Miene.

»Aber wieso? Was haben Sie vor?« fragte er verwirrt.

»Les ist durch Ihre Schuld und durch meine…«

»Was heißt hier Schuld, das hat sich so ergeben!« sagte er hastig. »Und was die Werbetexte betrifft und den Spaß, den ich anfangs an der Wettreise hatte – herrje, es ist doch normal, daß jeder Handelnde seine eigenen Interessen vertritt, jeder! Am Ende aber kommt häufig etwas heraus, was niemand gewollt hat. Auch das ist normal.«

Sie schüttelte den Kopf. »Sie wollen keine Verantwortung übernehmen; Sie sind feige, verlogen und arrogant. Les ist durch Ihre Schuld und durch meine Schuld in diese…« Mit erstickter Stimme sprach sie weiter: »…menschenunwürdige Lage gekommen. Viele haben dazu beigetragen, am meisten aber Sie und ich.«

Sie hob die Pistole, unterstützte die rechte Hand mit der linken, entsicherte die Waffe.

Atemlos sagte Biegel: »Sie denken doch nicht daran, sich selbst -« Langsam löste er sich aus der Erstarrung.

»Bleiben Sie, wo Sie sind!«

»Um Himmels willen, Ria! Nein! Nein!«

44.

»Er ist tot, erschossen«, sagte sie ins Telefon. »Unfall?« fragte sie abwesend und zuckte die Schultern. »Es hat sich so ergeben. Er heißt Biegel, den Vornamen weiß ich nicht. Ich heiße Ria Winterscheid. Bitte kommen Sie! Ich warte.«

Sie nannte ihre Adresse und hängte ein.

Nachdem sie die Kassette im Radiorecorder zurückgespult hatte, zog sie sich eine Jacke aus geflecktem Webpelz über und ging zum offenen Fenster. Wenn sie sich auf die Zehenspitzen stellte, konnte sie die Straße mit den alten, rußig grauen Häusern überblicken. Wenn sie steil nach oben schaute, konnte sie ein Stück Himmel sehen, grau, mit rötlichen Industriewolken. Sie schaute in die Wolken und hörte sich das Tonband an.

Es fällt mir schwer, danach einen Anfang zu finden. Mir ist aufgefallen, wie wichtig die allerersten Worte sind; sie bestimmen den Ton des ganzen folgenden Berichts...

Es dauerte noch eine Weile, dann hörte sie die Sirene des Polizeiwagens.

Niklaus Schmid

Der Hundeknochen

ISBN 3-89425-079-8

Ex-Polizist Elmar Mogge hat sich selbständig gemacht: Personenschutz und Ermittlungen. Der erste Kunde, der auf seine Anzeige reagiert, ist ein ehemaliger Schulkamerad, Fitti Salm. Der ist inzwischen ein erfolgreicher Bauunternehmer und glaubt, daß sein Geschäftspartner Pollex einen ›Unfallspezialisten‹ angeheuert hat - einen polnischen Arbeiter hat es schon erwischt. Salm fürchtet, der nächste zu sein, denn im Falle seines Todes wäre Pollex Nutznießer.

Mogge beginnt mit den Nachforschungen, und bald zeigt sich, daß der Fall nicht nur vielschichtig, sondern auch gefährlich ist. Falsch angeschlossene Starkstromkabel, unsichere Gasherde und Pitbull-Terrier führen dazu, daß Mogge froh ist, als er einen neuen Auftrag angeboten bekommt und damit einen Vorwand hat, Salm mit seinen Problemen allein zu lassen.

Die neue Aufgabe klingt harmlos und verlockend: Ein Ehemann ist auf die Baleareninsel Formentera geflüchtet und drückt sich vor Unterhaltszahlungen. Eine schöne Umgebung, Sonne und ein Liebesabenteuer treiben Mogge bei seinen Recherchen nicht gerade zur Eile an.

Um so mehr schreckt ihn die Nachricht auf, daß Salms Geschäftspartner Pollex verunglückt und Salm selbst nur knapp einem Mordanschlag entgangen ist. Mit dem Gefühl, menschlich und beruflich versagt zu haben, nimmt Mogge seine Ermittlungen im Umfeld des Bauunternehmers wieder auf. Mit dem Erfolg, daß sich bald sowohl Polizei als auch ein Mordsyndikat an seine Fersen heften. Dann verschwindet auch noch Salm, und Mogge muß sich langsam fragen, ob er selbst die ganze Zeit vielleicht nur die Figur in einem Spiel war, das jemand anders lenkt ...

grafit

azknoch.0698.cdr5

Kriminalgeschichten von Niklaus Schmid

Italienische Maßarbeit
in: *Der Mörder bläst die Kerzen aus - Geburtstags-Krimis*
ISBN 3-89425-081-X DM/SFr 15,80 öS 115,-

Notsignale
in: *Der Mörder zieht die Turnschuh an - Sport-Krimis*
ISBN 3-89425-082-8 DM/SFr 15,80 öS 115,-

Einer fehlt für immer
in: *Der Mörder schwänzt den Unterricht - Schul-Krimis*
ISBN 3-89425-083-6 DM/SFr 15,80 öS 115,-

Ein Weihnachtsmann auf Abwegen
in: *Der Mörder packt die Rute aus - Weihnachts-Krimis*
ISBN 3-89425-084-4 DM/SFr 15,80 öS 115,-

Haus mit Meerblick und Zisterne
in: *Der Mörder bricht den Wanderstab - Urlaubs-Krimis*
ISBN 3-89425-085-3 DM/SFr 14,80 öS 108,-

Aufstand der Alten
in: *Der Mörder kommt auf Krankenschein - Wartezimmer-Krimis*
ISBN 3-89425-086-0 DM/SFr 15,80 öS 115,-

Didi und die alte Dame
in: *Der Mörder kommt auf sanften Pfoten - Tier-Krimis*
ISBN 3-89425-087-9 DM/SFr 15,80 öS 115,-

Kalt, stumm und friedlich
in: *Der Mörder bittet zum Diktat - Büro-Krimis*
ISBN 3-89425-088-7 DM/SFr 15,80 öS 115,-

Der Augenzeuge
in: *Der Mörder kennt die Satzung nicht - Vereins-Krimis*
ISBN 3-89425-090-9 DM/SFr 15,80 öS 115,-